1979 年在果园

1981 年与林子、流沙河等在北京

1988 年与邵燕祥、邹荻帆、流沙河在广州

1993 年在维也纳

1993 年与洛夫（中国台湾）、陈剑（新加坡）、岭南人（泰国）、孟非（马来西亚）在广州

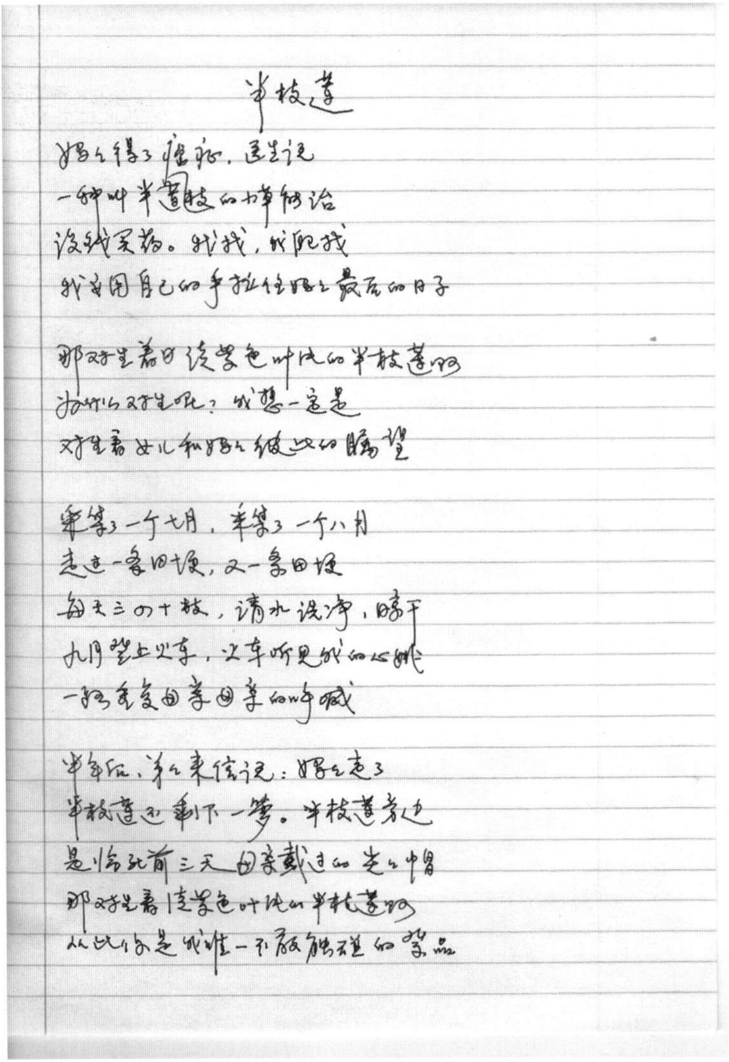
半枝莲

妈妈得了胰腺癌，医生说
一种叫半枝莲的草能治
没钱买药。我找，我爬找
我要用自己的手拉住妈妈最后的日子

那对生着白绿紫色叶片的半枝莲啊
为什么对生呢？我想一定是
对生着女儿和妈妈彼此的瞭望

来等了一个七月，来等了一个八月
走过一条田埂，又一条田埂
每天三四十枝，清水洗净，晒干
九月坐上火车，火车听见我的心跳
一路爹爹母亲母亲的呼喊

半年后，弟弟来信说：妈妈走了
半枝莲还剩下一箩。半枝莲旁边
是临死前三天母亲戴过的毛毛帽
那对生着绿紫色叶片的半枝莲啊
从此你是我唯一不敢触碰的药品

作者手迹

傅天琳 著

最好的风景 最痛的山水

ZUIHAO DE FENGJING ZUITONG DE SHANSHUI

——傅天琳诗歌精选

『百年新诗』丛书

语文出版社
·北京·

图书在版编目（CIP）数据

最好的风景　最痛的山水 ：傅天琳诗歌精选 / 傅天琳著. — 北京 ：语文出版社，2018.10
ISBN 978-7-5187-0704-1

Ⅰ. ①最… Ⅱ. ①傅… Ⅲ. ①诗集－中国－当代 Ⅳ. ①I227

中国版本图书馆CIP数据核字(2018)第099560号

责任编辑　康　宁
封面设计　吴燕妮
出　　版　语文出版社
地　　址　北京市东城区朝阳门内南小街51号　100010
电子信箱　ywcbsywp@163.com
排　　版　北京九章文化有限公司
印刷装订　北京市科星印刷有限责任公司
发　　行　语文出版社　新华书店经销
规　　格　890mm × 1240mm
开　　本　A5
印　　张　7.5　2 插页
字　　数　110千字
版　　次　2018年10月第1版
印　　次　2018年10月第1次印刷
定　　价　32.00元

010-65253954（咨询）010-65251033（购书）010-65250075（印装质量）

自　序

世界上有很多山，最爱缙云山。

就是那个叫缙云山农场的果园，在物质和精神同样贫瘠的年代，用她仅有的不多的粮食和最干净的雨水喂养了我。一个刚满十五岁没读过多少书的青年，在山野获得了最初的诗歌启迪。

漫山桃红李白，而我一往情深地偏爱柠檬。它永远痛苦的内心是我生命的本质，却在秋日反射出橙色的甜蜜回光。那味道、那气息、那宁静的生长姿态，是我的诗。

做人作诗，都从来没有挺拔过，从来没有折断过。我有我自已的方式，永远的果树方式。果树在它的生活中会有数不清的电打雷劈，它的反抗不是掷还闪电，而是绝不屈服地把一切遭遇化为果实。

什么是诗，这是许多年来被问得最多的问题，一听就头闷，就像被问到什么是人一样。我作为一个仅仅沉醉于表达和倾吐的诗人，忽略了对诗歌理论的学习，似乎怎么说都说不好。唯一的也是切身的感悟只有一点：诗歌就是命运。写诗就是写阅历，写人生。有时我甚至觉得，从写第一首诗开始，我就不自觉地在写自传了。喜欢我的读者如果能从头读到尾，就略等于读到了一个人。

一首诗的完成，必须有生命的参与，用眼泪和血液来写，让读者读到你的脉动和心跳。我曾读过的很多很好的诗歌，感觉它们一个字一个字，都是肉做成的。

诗歌来自于生活（这句话或许可以用绕口的方式说得更文化一点），这是任何时候都不应该怀疑的，也是传统老话题，而我还是要说，让生活在诗歌中恢复它们本来的诗意，这是吸引了我一生的无比美妙的创造性劳动。我很庆幸从少年到青年到老年，都深深地沉浸于其中。

几十年来我所写的诗歌，虽然有长有短，有轻有重，有好有孬，但都与我的生活、我所处的时代息息相关。有了这个前提，我对自已的要求其实不高：媚俗的不写，心没痛过眼睛没湿过（哪怕一丝丝一点点）的不写；做不了大诗人，就做小诗人，具体到就做我那一个果园的诗人；这辈子才气实在有限，可以原谅自已愚笨、肤浅、眼界不辽阔、气势不磅礴，但是，绝对不可以装，不可以假。平生最鄙视做作、虚假，在一首好诗所应具备的若干因素中，我首先崇尚一个字：真！

同所有文学形式一样，语言是极其重要的。诗的语言，是要向读者传递新的经验，新颖、准确、生动，像水一样清澈，像山野的风一样活色生香，像岩石一样坚硬，有重量、有定力，牢牢站在地上。基于这种认识，一直以来我对诗歌语言只有虔诚、只有敬畏。自己做得不好，还常常表现出眼高手低，既固执又挑剔。不喜欢过分晦涩、无边际的天马行空；不喜欢装神弄鬼的、雨过地皮湿的、表面华丽的、油腻腻的、面目模糊似曾相识的种种。

一段时间，一种方式如果写得太顺手了，如果有点小感觉，东拼西凑就凑得像一首诗了，这是诗人最需要警惕的时刻。不要上了自己所谓才华横溢的当，才华是最靠不住的东西，它太能掩盖你内在的空洞无物了。我以为写诗同样需要本分。诗人不是熟练技术工，不能踩着滑溜溜的语言，无阻力行走。诗歌的品质与高远境界才是我们超越字词的最终追求。

貌似写了很多诗，就是没有写过序，甚至怕写序，已出版的二十余种图书，皆既无序言又无后记，常被诗友笑称为裸书。

诗集《最好的风景　最痛的山水》，写作时间自20世纪80年代初起，至2017年10月止。内容大致可分为四部分：果园，母亲与孩子，随想与感悟，行吟。但我并没有按写作年代以编年史的办法编选，也没有按内容分为四辑。我担心读者在同一年代或同一题材中逗留太久，会造成阅读的审美疲劳。我选择了在刊物发表作品的方式，一组一组的，穿来插去的，有反差，有互补，相对独立又相互支撑。这种编法以前没有做过，试一试。读者也许能从看似杂乱中触摸到一条起伏波动的逻辑线。

目　录

寄　　书

今天我把书寄给你
把童年和青年塞进信封
把一座果园寄给你
落叶般泛黄的散文
就要登上火车，轮船
激动而忐忑不安
去见它想见的那个人

旧作，全是旧作
那些并不精致的词，无法更改
一张纸，除你看得见的
不再有别的意义
请你原谅
文字如草一样简单

梦很薄，却要练习写梦的人
妄图把黑夜当作绸缎
把苹果当作太阳
苹果之外的光芒

挟着风雨和石块而来
往事苦难，温馨，同时还愚蠢
你随便翻翻
千万别当成书来读

飘在空中的落叶

一片飘在空中的落叶
一只尚未落地又无法高飞的鸟
一滴来自虚空
扑向大地心灵的寒冷

一朵微微闭合的嘴唇
亲吻秋天辽阔的面庞
从第一声幼芽的啼哭
到告别枝头
曾经一望无垠的时光
在一刹那

飘。极尽辉煌地飘

只能用思绪去靠近它，抚摸它
用慢镜头去拍它
它谢幕的姿态
多么从容，镇定，优雅

历经万紫千红的旅行
就要静静地到达

柠 檬 黄 了

柠檬黄了
请原谅啊，只是娓娓道来的黄

黄得没有气势，没有穿透力
不热烈，只有温馨
请鼓励它，给它光线，给它手
它正怯怯地靠近最小的枝头

它就这样黄了，黄中带绿
恬淡，安静。这种调子适宜居家

柠檬的家结在浓荫之下
用园艺学的话讲：坐果于内堂

它在六十毫米居室里饮用月华
饮用干净的雨水
把一切喧嚣挡在门外

衣着简洁，不懂环佩叮当
思想的翼悄悄振动
一层薄薄的油脂溢出毛孔
那是它滚沸的爱在痛苦中煎熬
它终将以从容的节奏燃烧和熄灭
哦，柠檬

这无疑是果林中最具韧性的树种
从来没有挺拔过
从来没有折断过
当天空聚集暴怒的钢铁云团
它的反抗不是掷还闪电，而是
绝不屈服地
把一切遭遇化为果实

现在，柠檬黄了
满身的泪就要涌出来
多么了不起啊
请祝福它，把篮子把采摘的手给它
它依然不露痕迹地微笑着
内心像大海一样涩，一样苦，一样满

没有比时间更公正的礼物
金秋，全体的金秋，柠檬翻山越岭
到哪里去找一个“金”字一个“甜”字
也配叫成果？也配叫收获？人世间
尚有一种酸死人迷死人的滋味
叫寂寞

而柠檬从不诉苦
不自贱，不逢迎，不张灯结彩
不怨天尤人。它满身劫数
一生拒绝转化为糖
一生带着殉道者的骨血和青草的芬芳

就这样，柠檬黄了
一枚带蒂的玉

以祈愿的姿态一步步接近天堂
它娓娓道来的黄，绵绵持久的黄
拥有自己的审美和语言

老姐妹的手

快去看看这双手
这双沾满花香的手，亮丽的手
蝴蝶一样围绕山林飞舞和歌唱的手
卑微的手，苦命的手
被泥巴、牛粪、农药弄得脏兮兮的手
树皮一样，干脆就是树的手
皲裂，粗糙，关节肿大
总能提前感受风雨的到来

生命的手，神话中的手
满手是奶，满手是粥
一勺，一勺，把一座荒山喂得油亮亮的
把一坡绿色喂得肉墩墩的

连年丰收。这双果实累累的手
年过半百的，退休的手
当年的名字叫知识青年

其实并没有多少知识
一辈子谦逊地向果树学习
渐渐地变得像个哲人
懂得该开花就开花，该落叶就落叶

但是这双手还是哭了
不悲，不伤，不怨，不怒
不为什么大事就哭了。快去看看它
看看一池子黏稠的暗绿色汁液
原来是漫山遍野的叶子哭了
这双空空荡荡的手
不干活就会生病的手
被休闲、旅游排斥在外的手
即将被考古的手！紧紧抓住
根里的阳光

断　　了

老姐妹告诉我，断了
四十年枝枝叶叶
在一个下午“嘎吱”一声断了
被两万块钱买断了
大额两万块
区区两万块
果园姐妹与果园没有任何关系了

我听见我挂满鸟鸣和雨水的天空断了
骨头，根，断了
我的芬芳，我的气息，断了

林　　中

林中
她情不自禁打开全身呼吸
任一种液状的光灌进去

热热的，小虫虫爬过，痒痒的
回肠荡气的感觉
从头顶直到足心

真好
一滴汗，一滴善，一滴纯
毕生不能没有的一滴之轻

她如此沉浸于自己的忏悔
她在外面世界转了多久
全身裹满多少灰尘

一　滴　水

从岩石缝中滴出，从野花香中滴出
一滴，就那么一滴
成一碗水
成果园里最小的湖泊

滴状，透明的滴状

看不到飘浮的岚气，看不到
古树的木纹

滴状，简单的滴状
相像的一滴
间距很好的一滴

滴状，多一滴就成线状了
多一滴
我的骄傲就溢出来了

永远的一滴
琴弦拨动的一滴
树根珍藏的一滴

黄河都可以断流
它为什么不断
神明的一滴

为了这一滴，它汹涌澎湃过
挤痛过内心的大海
它是石头中的泪啊
一滴

悼念一棵树

你和我面对面站着
站着，你却死了。站得笔直地死了

死在秋天即将来临
整座橘山就要点亮节日的灯盏

死在战争结束前最后一次冲锋
最后一颗流弹，不幸将你击中

树啊，四十年相依为命的亲人
四十年狂风，暴雨，连同我为你嫁接的
四条假腿。一起死了

多少谬误，多少伤害
你为什么不清点，不抱怨

你死得笔直。却让我真真切切地
感觉到痛。让挽歌低下头来
捂住胸口。让我的命跟着断了一次

树啊，我曾请求上天给你快乐
给你悲伤，给你酸，给你甜
给你四个季节的血肉

树啊，你曾铺开全身的鸟鸣
上万张绿色的旗子颤抖着
泪流满面

现在，你死了。种树的人
还有什么可以向生活炫耀
向生活交代

你死了。请把枝头几粒干瘪的红果
留给我。把你一生的积蓄留给我
你玛瑙一样的品质已成稀世之宝

现在我就摘了
当你芬芳的尸骨上升为虹
我手心里的石头也将重新萌芽

果园姐妹（节选）

你这流溢着嫣红黛绿的果园啊
你这飘游着淡苦浓甜的果园啊
用不着我给你写诗
你就是一首美丽的抒情诗
黎明，乳白的雾飞来为你洗脸
朝霞为你镀红
你翡翠般的手臂在晨风中起舞
洒我一身花露
撩动我胸襟内隐秘的情思
子夜，你披着柔软的秀发
微闭倦美的眼睛
蛐蛐、蚱蜢和不知名的乐师
为你演奏一支小夜曲
哎，我怎不为你而陶醉
我的少女般的果园啊

是的，我爱金红的蜜橘
我爱硕大的苹果
也爱永远不会变红的柠檬

和玲珑剔透的小葡萄
是她们，众多的姐妹
组成了这美好的，新鲜的世界
但我更爱这脱颖于苦难世界的创造者
培育者，我的果园姐妹
我用山风一样不羁的自由自在的节奏
用鸟一样野性的不经训练的嗓门
唱一支歌给我的姐妹，也给自己
我虽然纤弱，懂事太晚
总是姐妹中的一个

哦，果园
你这飘香的城市，色彩的宫殿
你这青春和理想的纪念碑啊
我们把天真的汗水，天真的笑声
连同天真的诗都一起当作建造材料
我们裸露着和土地一样颜色的臂膀
挑着和窈窕的身姿极不相称的大木桶
跌跌撞撞。我们身上
散发着泥土、青草、牛粪、汗水和雨的
混合气息。劈开石缝种下了少年时代和
整个青春的韶光

种下了玫瑰色的梦和梦一般的向往

我敢说：我们是世界上最值得爱的姑娘
虽然没有一条花裙子
却给果园剪裁了一件又一件春装
可是赞许的目光
为什么看不见姐妹们丹橘般的心啊
枝叶间泻落的却是沉铅一样的白眼和欺凌
秋天的造访者们
有谁握过我的姐妹粗糙而灵巧的手
铺洒血汗的石阶上，布满多少不公正的脚印
压弯的腰身，变成没有解答的问号
劳动者，主人，怎样才是准确的发音
彩色河流上的孤帆
就是姐妹们的命运吗
青春的日历，一张是炎光
一张是冰屑，一张是残缺的月亮

辨不清面目的风，一阵接一阵
又卷走叶面上幸存的希望
剧毒药剂杀灭了虫子，扼死了花芽
赶走了山雀，窒息了自然界的呼吸

我摸着自己的心，渐渐失去节奏
在迷惘的追寻和无尽的摧折中
它疲倦了。凝成一粒不会说话
不会发芽的石子。我的姐妹哟
我的苹果一般新鲜的姐妹哟
我的柠檬一般苦涩的姐妹哟
让我们在泥泞中站起，在烈日下集合吧
我们相信秒针更相信时针
相信眼泪更相信汗水
相信热情和花瓣会重新绽开春天的祝愿
相信果实和欢笑会重新弹响秋天的琴弦

果 园 诗 人

最后我发现我更愿意回到果园去
回到柠檬、苹果、桃子、杏一样的人群去
沿着叶脉走一条浅显的路
反复咏叹，反复咀嚼月光和忧伤
我深深地明白，这片林子是和我的青春
一起栽种，和我的幸福一起萌芽的

就是再次把血咳在你的花上
把心伤在你的树上，我也愿意
曾经以为仅仅作你的诗人，太小
这是何其难得的小啊，我又是何其轻薄
果园，请再次接纳我
为我打开芬芳的城门吧
为我胸前佩戴簇新的风暴吧
我要继续蘸着露水为你写
让花朵们因我的诗加紧恋爱
让落叶因我的诗得到安慰

挂在树上

春天的电话线
直接通向灌浆的青藤
老姐妹在那一头下着春雨
“开花了，快回来吧，果园又添新景

漫山的桃树，柑橘树，枇杷树
还有长长的葡萄架上

都挂着你的诗”

电话这一头，激动，欣喜
泪水涌出来，漫过脚背
张口结舌，只会说好哇，好哇
怎么会这么好哇

日本电影有幸福的黄手帕
台湾诗人有刻你的名字在树上
我立即想到它们。那只是一棵
而我，幸运再次降临
我获得满满一座果园的爱情

我只想骑上光芒四射的云朵
穿过辽阔的词语
一秒钟就回到果园硕壮的根须

我只有在树上
才能抵达真正的秋天
我的诗歌只有在树上，才可能是植物
而不是植物标本

以后，诗句将由花蕾的嘴唇去吟诵
将由树汁年年输入新鲜血液
这是泥土发给我最绿色最环保的奖牌
有了这些，今生今世，我还需要什么

海 之 诗

一

海
很静

序一样的波涛白茫茫
湿得磅礴而逶迤
海，微微掀起涛声

似乎是一刹那，似乎是一生
风云一幕幕退回背景
海的女儿，那只鸥
出发到找寻历史的上空

鸥的瞳孔射出光芒和渴求
仿佛为了今日
它要望穿过去与未来

拂开时间，远处是你
我的海，你没有消失
在鸥群穿越风暴折断羽毛
在血流如注但没有痛感
在没有水，只有一股蔚蓝色气体

我听见鱼鳍滑过浪尖的声响
看见血，游动在波涛间

二

用回忆辨认图案
海在旋转，季节在抽搐
音符猎猎，虫语袅袅，沙滩蠕动
柔软地流出图案中的预言

椰子树一身金蓝
它披挂飓风和暴雨
苦难而庄严，做了眺望的象征

我注目岸边的小茅屋
命运的火焰手指一遍遍抹掉我
姿态优美，如抹掉一把草芥

我注目桑榆之日
红树林高挂团圆之月
一轮最圆的厄运

我注目墓碑，踏碎梦的暗蓝
一边是坟在含苞
一边是出海的船队
这么遥远而亲近的遗忘
这么亲近而遥远的追忆

海凝固了
我听见嗖嗖收缩，听见水的疼痛
那声音多像哭泣

双手紧握一把刺骨的冰凌
在不安的反省中，在烟雾里

三

我的鸥奋力飞过城市天空、海洋和椰子树
我不再有岸了
咖啡制成的小屋
它不是人生的栖息之地

我该怎样对付自己创造的历史
是否一定要抹掉一些，甚至毁灭一些
一盏灯走完它的过程
是否已被风吹散
远远飘离现实的头顶

在这样嘈杂的下午
破碎的旧事悄悄聚拢
我又该怎样对付那些丑陋的鳞片
它们来自我的哪一部分过失

哦，海洋，夜雾中的翅膀
火焰般频频回首的姿态
总是诚挚而无知的抒情诗人

四

鸥啊
一旦被捉住
一根草绳就能扎住双脚，反剪如小鸡

探照灯半睁半闭
扁平的树影没有立体
思绪越过空荡荡的书桌和拥挤的大街
被反剪的日子，与鸥一样退出舞台，自行消失

上苍啊，这样的日子
堕落的行尸走肉的日子
密密麻麻，全是细节细节细节
错乱的卑琐的细节
我在细节的某一处下跪

地狱的朋友
总在午夜二时准点而来
戛然而醒，胸闷，心痛，翻身下床
到阳台捂胸揉肠直至寸断
想搬走压在胸口那块礁石

搬走进入灵魂的阴影

午夜二时，我用什么驱赶恶魔
难道能依靠幻觉携带躯体出逃
逃出夜，逃出这阴云密布的海
无数自己的面孔从镜子东奔西突
严寒耀眼的白光在枯干的季节
在活着不如死去的生命里
述说某种灾难已到极限

五

所有钥匙和锁被你掌握
门翻过去就完全变形
我呼喊过，挣扎过，但变形的门关得太死

我缓缓移动到门的背后
我发现我是一阵风
行走在穿过枪膛的速度之间
并不会被击倒
走出门栏，回头望你
多想问这一切究竟为什么
却找不到嘴唇在哪里

语言在哪里

大片大片黑色和赭色地融汇
从一枚打破的蛋丸孵化而出
占满盆地的边缘
被野菠萝围困的王国
正上演一种最具体的文字刺杀
一道非人性化的数学秩序

六

遥对海
沉梦中的椰子树理应醒来
受伤的臼齿，理应与受伤的心灵同行
咬动礁石和船只
咬动咬不动的月光

理应的一切似乎都不应
对于永不结痂的伤口
哭泣者，已不是眼睛
彗星扫过夜空留下一抹痛痕
我宽阔的前额
只应宽恕被椰子树和羽毛宠坏的风景

举烛祈问自我
昏黑的大海何时才有亮色
何时才有女巫派来的救世的灯

七

我坐在礁石上日日夜夜
直到语言凋零，血液流尽

我只能寄希望于百年之后
在大海的遗骨里迸出火光
天地旋转，人们能从漆黑的洞里
听到一只螺的歌吟
听到尸骨里几声不屈的惨叫

一只鸟或一条鱼，死去了
死去就死去了
没有比一只鸟或一条鱼死去更简单的事情了
在没有是非，只有霸权的海里
我注定是你片刻宝座的祭品

唯时间能证明死亡强大于一切
时间是比任何物质都顽强而无情的东西

五百年后的正午，在锈迹斑斑的水面
湿淋淋的大海在沸腾
一片落叶飘来遥远的死亡的清香

后来者将体会
人类一生的努力
是怎样自行毁灭在弹指之间

八

旋风般扑来的波涛如旗
船队溃不成军
年复一年
笑容的漩涡吞食多少船只和星辰

沉船啊我的沉船
它愤怒过，伤心欲绝过
现在它安静下来了
还剩最后一点点力气，要好好保存

沉船是人给海的礼品
这非凡的勇气
来自花、鸟、帆影和涌来的潮汐

当一轮皓月走过
步步踩痛无语的心情，沉船啊我的沉船
我肢体的某些角落正一层层消失
再次为历史增添斑驳的一笔

九

海啊
以水波的形式化柔情为我
以礁石的形式化坚强为我
以胸怀，化宽容为我
当肉体与大地一齐凌越苦痛
对着明亮的落日，我必须
彻底地，自致命的耻辱，一跃

我重新反省你，仰望你，超越你
重新享受你的温情，你的刀伤
享受你自造自设自我陷落的文字和言辞
在浪花簇拥的节奏中
处处暗喻丛生

千百次顿悟
又千百次沦入执迷

我们在人生的圈套里跳进跳出
千百次穿过阴与阳的隧道以及
带剑的石林，险象丛生的波涛

自由是感觉不到的
它穿过体内，流水般洗去烦恼
灵魂在星光弥漫的上空
漩涡般的深洞等待自我校正

十

啊！下雪了
四十年罕见的雪，南方的雪，大雪
为什么在我生日这天，噼噼啪啪
火苗般燃烧啊，雪

和平，纯真，感人至深的白色
我生命的形象，充沛的形体
为什么选择了今天？是母亲
从我们天上那个家里送来的吗
生命的形象火苗般，不，鱼苗般游来
穿过肢体，洁净得让我忏悔

雪落在舌尖
它微微颤动的翅膀，带着自珍
雪啊，你是天上的玉
玉石俱焚，仍旧是玉
从第一颗宝石出发
就有你的挤压，母亲的挣扎

多少鲜血融入月光
只要有夜的胚胎，就有翩翩起舞的朝霞
只要有眼泪和落叶，就有新春

十一

无言无语的内心永是那片蔚蓝色故土
椰子树用羽毛擦亮启明星

当耻辱、伤痛和沉静融为一体
当情感隐入幽冥，思想远离事物的原形
当一条波音的鱼在蓝色天空奔跑
生活从容不迫，进入新的秩序，新的意境

当跫音洒向苍茫大地

平安夜的钟声响彻血液和神经
当混沌中婴儿的哭喊
犹如化石诉说旷古的忧伤
当海，长满鱼类和树叶，不再受污染

当椰子树自洁成仙
礁石苍苍修道成神
那只鸥，梳理羽毛成人

当仇恨充满歉意
失败和挫折飘散谢世般的气息

十二

面对时间
每滴水都有出发的地方
每片雪花都有归来的源泉
所有进化过程在错误身上踩过
并抚慰最弱小的梦，最强大的人格
超人格的海，生命之露又缀满衣襟

一往情深，深不可测的爱啊

永远伴随心灵，直达神圣和恒久
在一片凝固的蓝色晶体里
多么美丽、端庄而自由
月亮落了，太阳又升起了
日子总是在水中交替

当缀满星光的海面，月又升起
当我再次变成一只鸥
以日为镜，以泪净身
我会懂得，强烈的火总脱身于水中
海的结束，方是诗的诞生

让我们回到三岁吧

让我们回到三岁吧
回到三岁的小牙齿去
那是大地的第一茬新米
语言洁白，粒粒清香

回到三岁的小脚丫去
那是最细嫩的历史
印满多汁的红樱桃

三岁的翅膀在天上飞啊飞
还没有完全变为双臂
三岁的肉肉有股神秘的芳香
还没有完全由花朵变为人

一只布熊有了三岁的崇拜
就能独自走过百亩大森林
昨夜被大雪压断的树枝
有了三岁的愿望就能重回树上

用三岁的笑声去融化冰墙
用三岁的眼泪去提炼纯度最高的水晶

我们这些锈迹斑斑的大人
真该把全身的水都拧出来
放到三岁去过滤一次

梦　话

你睡着了，你不知道
妈妈坐在身旁守候你的梦话
妈妈小时候也讲梦话
但妈妈讲梦话时身旁没有妈妈

你在梦中呼唤我
孩子，你是要我和你一起到公园去
我守候你从滑梯一次次摔下
一次次摔下，你一次次长高

如果有一天你梦中不再呼唤妈妈
而呼唤一个陌生的年轻的名字
那是妈妈的期待
妈妈的期待是惊喜和忧伤

母　　爱

我是你黑皮肤的妈妈
白皮肤的妈妈
黄皮肤的妈妈

我的爱黑得像炭
白得像雪
黄得像泥土
我的爱没有边界
没有边界我对你的爱

你是白雪覆盖的种子
你是黄土里长出的树
你是煤炭燃烧的火
你是生命，你是力量，你是希望，你是我孩子啊，你是我的孩子

八月的钟声

渐渐地
少女的天真飞走了，渐渐地
我的双臂不能再作飞翔的姿势

一阵深邃的钟声
融入脉动
唤醒我最初的母爱，最初的
母爱带着羞涩与惊慌醒来

怎么好对他说呢
我的呕吐不是病
让我静静地躺一会吧
我的船正在行驶
从此岸到彼岸
从单纯到丰富

我的整个心灵沐浴在高尚的和平的芬芳里
我不允许任何懦怯、疲惫和呆滞靠近我的身体
在视线所及的地方

有足够的光亮和音乐组成图画
我走进图画贪婪地呼吸着
别人说梦见花要生女孩子

第二天，我的枕边多了一条小裙子
还要做些、还能做些什么呢
我离开母亲的时候才六岁
我忘了在五岁就问一问我的母亲

我做母亲的日子是八月
苹果红红，谷穗黄黄
红红黄黄的八月
现在该为八月编织篓子了
我想我也该编织摇篮了

背　　带

她只是顺着风、顺着河流走去
并随便剪下身后的一段路
用来背她的孩子

她和孩子缠在一起
笑声叠在背上
哭声叠在背上
一条背带从孩子的肩、母亲的肩搭下
在母亲胸前交叉挽成结
挽成蝴蝶

她径直往前走着
竹篮里的种子怎么也播不完
母亲的爱怎么也播不完
孩子只有种在母亲背上才能生长
即使秋天
她也能听见出芽的声音
蝴蝶结在胸前
翩翩飘起

母亲和孩子缠在一起
白夜解不开
雷电劈不开
也许只有在孩子能下地的时候
蝴蝶结才会缓缓松开
还原成路

而她只是顺着风、顺着河流走去
她根本不知道世界上还有画家
她也不知道
自己正径直走往一幅油画中去
成为圣母

夏夏的生日

夏天把生日给夏夏带来了

夏夏是苹果
夏夏的生日住在一只苹果里
让我把手洗干净
再去抚摸这只苹果

妈妈没有蛋糕
妈妈竟然买不起一只蛋糕
夏夏过生日不吃蛋糕
蛋糕没有夏夏的笑声好吃

夏夏不哭，被刺藤绊倒了也不哭
羞那些叶子
那些滴滴答答的叶子
没有夏夏听话

夏夏长高了
夏夏，这是第三个夏天了
第三个夏天你懂得帮妈妈拾柴禾了

夏夏把生命给夏天带来了

夏夏的眼睛

夏夏，睁开你的眼睛
睁开那夏天，和你自己

蝉儿在树荫里唱歌
太阳光从正午漏下来
从你长长的睫毛漏下来

两只鸟儿

穿过空谷的晚云
从你眼里越飞越远
夏天渐渐长大

而星辰，萤火虫
而专喜欢赴晚会的小姑娘们
却不慎掉进湖中了

快合上你的眼睛，夏夏
合上你的留影湖
留住那夏天，和你自己

夏夏的头发

你仍是一枝风
你仍在我的臂弯

夏夏你睡了
湖中多了一朵睡莲
世界多了一种和平

没有人敢惊动你的门帘
没有人咳嗽

你是一棵树，你的发
轻轻落在我的面颊
和另一棵树缠在一起
放出树脂的香味

让我在你的发丝
在一枝八月最小的风中
作精细地雕刻
刻一百年仍嫌短
你仍在我的臂弯，直到
最后一秒，月光落下来
将我的头发围成一片银白

夏夏的花

这郁郁的潺潺的芳香
是从这些有淡淡药味的小瓶里飘出来的

是从你的手指流出来的，夏夏

这么多的药都没把妈妈的病治好
倒是这个药瓶给治好了
妈妈该起床了，夏夏

你小小的无限的四岁的爱
让我们的竹棚子变成宫殿
让妈妈插一朵花在我的公主头上，夏夏

山野的金樱子花、枕头草花、紫绒球花花
你们不懂得自己多好看
只有夏夏知道，只有夏夏，我的夏夏

母 亲 的 手

我是迟迟不肯上路的啊
边走边哭，我才六岁
不知道母亲为什么这样狠心
硬要牵着我送我过河去

我不知道在并不自由的年代
母亲的手是船
是一片唯一的自由

我不知道母亲留给自己的
是最黑最深最漫长的孤独
为了给我一副翅膀
宁愿让十字架嵌进双臂
身后的白塔，和她一样
默默承受着人世的沧桑和风雨

我就在这样一个破碎的早晨离开
在一个更加破碎的夜晚归来
圆月之夜，没有母亲
只有母亲的手是岸
泊满我永远的伤痛

半 枝 莲

妈妈得了癌症，医生说
一种叫半枝莲的小草能治

没钱买药。我找，我自己找
我要用自己的手拉住妈妈最后的日子

那对生着淡紫色叶片的半枝莲啊
为什么对生呢？那一定是
对生着妈妈和女儿彼此的瞩望

采集了一个七月，采集了一个八月
走过一条田埂，又一条田埂
每天采集三四十枝，用清水洗净、晾干
九月登上火车，火车听见我的心跳
一路重复母亲母亲的呼喊

半年后，弟弟来信说：妈妈走了
半枝莲还剩下一箩。半枝莲旁边
是临死前三天母亲戴过的尖尖帽
那对生着淡紫色叶片的半枝莲啊
从此你是我再也不敢触碰的祭品

母亲坟前

她要是知道她的女儿成了诗人
会多高兴
那个美丽如绝句的女子
如今是一座坟
这座坟在生我育我之后
脱掉了体温

跪在坟前
任她艾草抚脸
一缕清苦伴着温馨
凄恻入骨
疼痛入骨
思念入骨
不相信风暴已打散我们

她离去的那个黄昏喋血
为了血
我发誓不再流泪
我发誓让所有的血

开出玫瑰

让玫瑰火焰焚烧我的稿页吧
在坟前我读给她
我烧给她
我相信冥冥中有一只手
已牵着我回到她的膝下

梦 中 重 逢

在一家乡村旅馆
没有什么预兆
母亲她径直就朝我来了

她脸色红润，年轻而健壮
且不穿平日的褴褛衣裳
这是我从未见过的母亲
我高兴了许久许久

年复一年
在往事中爬过来又爬过去

秋天，这巨大的空旷
多少怀念听不见回声

在我深深的伤口里
掩埋着亲人和时间的碎片

抵达天空的时刻
为什么总是夜半，为什么人间母亲
总是劳碌而多病
只有在天堂才能找回健康

为什么年年岁岁
有数不清的母亲从树上飘落
为什么只能期待在月光的枝头重逢

给母亲过生日

母亲，你早已不在世上
我跪在钟表的废墟上给你过生日
时针甩开它的小蹄子一路疯跑

你知不知道今天你都一百岁了呀
你把黑夜深深吸进自己眼瞳
留给我们的永远是丽日蓝天
你早已凌驾于风之上，霹雳之上
一切屈辱之上。但是有了今天
时空就是一种可触摸的亲切物质
就是你重孙子手里这块酥软的蛋糕

八十七岁的四姑这样说

我是被我的三哥和十弟用电话喊回去的
被家乡的炊烟一缕接一缕拽回去的

由我的六十岁老儿子牵着扶着抱着背着
我们坐了十五小时火车，三小时汽车
二十分钟过河船
清明节去看望我的亲人

我的父母、兄弟、姐妹
现在他们是一堆土包

热热闹闹、济济一堂住在沱江边上
紧挨着曾经种满桃花梅花的傅家院子
我要去为我的亲人送些鞭炮，送些热闹
送些香蜡纸钱

坟山的路太滑太陡
我紧紧压在我的孝顺儿子背上
老儿子一步一叩首
我一步一倾盆

晚辈们连声说
四姑啊四姑，不要激动不要激动
我说不激动不激动
我妈来这儿住时都九十五岁了，圆满了
可是我哥才三十多岁啊
他把一张年轻的脸永远留在墓碑上
我还是忍不住要激动，要为他哭一场

算起来我有六十多年没回过家了
我要把几十年家乡的月光一件一件
穿在身上。一直穿到一百岁去

团　圆　饭

是缺柴，是少炭
煮一顿团圆饭竟用了二十年
嚼得烂的是鸡肉，嚼不烂的是思念
人世间的泪雨，溢出了杯盏

七层塔顶的黄桷树

七层塔顶的黄桷树
像一件高高晾着的衣衫
旷野拖着它寂寞的影子

许是鸟儿口中
偶尔失落的一粒籽核
不偏不倚
在砖与灰浆的夹缝里
萌生了永远的灾难

而它稀疏的丫枝上
麻雀吵闹着正在筑巢
而它伸长的手臂
像要抓住破碎的云片
捎去并不破碎的盼望

它盼望什么呢，我不知道
犹如我不知道它摇曳的枝叶
是挣扎，还是舞蹈
是的，它活得多别扭
但绝不会死去

它在不断延伸的岁月里
把孤独者并不孤独的宣言
写在天空

百岁母亲

让我抱抱你，闻闻你的气味
我的母亲如果还活着
和你一样，正好一百岁

你的身体散发着昔日芳香
有着细棉布一样的柔软质地

你只是笑着
风调雨顺地笑着
没有牙齿的笑，单纯得像婴儿

你的眼角有一粒硕大泪囊
那是岁月流淌的缓慢结晶
你银发静卧，像原始森林的积雪
目光像高树上的柿子甜甜软软
落进我的掌心

然后你就沉默了
无边无际、深不可测地沉默了
仿佛回忆，仿佛幻觉
仿佛对时间、生命和万事万物表达谢意

我痴痴地沉默在你的沉默之中
白茫茫一片，又繁花似锦

静静的山水
静静的福利院
唯有百岁母亲能听见
寂静和寂静生长的声音

花甲女生

一大早我就敞开胸怀
从里到外推开六十道门
放出六十只雀鸟飞向山林
一大早就开始清扫
全身挂满消毒水、塑料袋
我要清扫整整六十年的垃圾

不寻常的一天，我进入花甲
生活残屑遍地都是
名利的毒进入血管
我早就应该为过剩的营养脱脂

把过期奶粉、油、糖
和过期的荣誉统统倒掉
还有杂念。让瓶子都空着
在墙上多凿几个窗子
让屋子和心灵一样通透起来

现在，空旷的屋子盛满光明
我把客人请到沙发坐下
客人就是我自己。我说喝吧
这杯柠檬水，六十年才慢慢泡淡
化解了所有的酸，所有的苦
留下满口芬芳

我说秋天已脱下盛装
能一点点触摸到生命的冷
岁月两鬓斑白
日子一天比一天昂贵
要缅怀一次青春，请付费

开始吧！从老年到青年到童年
揭开一层一层时光
为什么伤口和血肉还粘在一起

你的自愈功能真是太差啦
这世上哪有时间治不好的病
你，就是你自己的病根

如此说来还需在房屋一角
放一张忏悔椅。一个不懂得忏悔的人
是不允许进入甲子之门的
当品德的意义穿透铁甲
请慢慢体会幸福的容器有多大

你属草木
上天赐你一双不具攻击性的植物的手
柔而不弱，贫而不贱
掩映在盘根错节的紫藤中，注定
只能探寻泥土、石头和飞鸟的踪迹
与一只甲虫亲密对话

你还像十六岁一样热爱花朵，热爱美
你苍老的躯干因热爱而战栗
还会为读到一本好诗集
彻夜不眠，眼含热泪
我说你呀，你这个花甲女生

令人耻笑？有什么可耻笑的
你敬爱的郑玲姐姐都可以做耄耋女生
你做一回花甲女生又何妨

谈话至此，杯水一滴不剩
你听得一脸茫然
我的光荣退休的老同志吔
原来心智尚未发育健全
那就简单说吧
花甲花甲，就是开甲等的花
花开在春天，你在起点

一 封 信

凌晨四点，我在给你写信，玲姐
你的诗歌打败了我的睡眠女神

我异常清醒地看着你
从自己的独木桥走来。桥搭在云端
命运如骤雨降临，且带着雷霆的灰烬

这时我的信浑身颤抖

当诗歌一首接一首从桥下的深渊出发
背负着你始终不肯扔掉的苦难石
我的信已经大大超重

有一只关关冬为什么叫个不停
那是从泪谷升起的光明
这时天边亮了。我的信亮了
而你躺在手术台上

少写点诗吧，多休息，玲姐
你说写诗痛，不写更痛
这些痛出来的诗
闪电般激活我全身筋骨
激活我文字的神经末梢

我的信啊
你该懂得有一种疼痛美得惊心
有一种光芒在寒冷的深处

那么玲姐，一起去珠海吹吹海风好吗

像从前那样，我们两个住一屋
我会照顾你按时吃药，我会
把你散落在书桌、床边、墙角的力气
一点点收集起来，放回你的身上

我还会自己做一次邮局
做一次信箱，做一次送信的人
让你在开门的那一瞬
惊喜得像孩子一样手足无措
不知该先看信，还是看我

唤醒你的羞涩

天琳，我突然发现
当你盘子里蛋糕已装得满满
你还在拿。你的手指
好像习以为常

我还发现，当你爬上枝头
总想去摘最红的那一个

你的手指好像理直气壮

从前你不是这样的
从前你的手指像一位古代仕女
拂袖，掩面，些微的不好意思

从前你白天扛大锄，流大汗
夜晚独自钻进果林
练习用花瓣造房，月光造桥
美丽造句

现在，一只鸟
翅膀的愿望已十分微弱
一条鱼，身体的鳞片正一层层消失

你是诗人，触觉渐渐钝化
而羞涩正是一种触觉。所以天琳
我要唤醒你指尖的羞涩

我要在你房前屋后种一些含羞草
让仙丹般的香气
时时在你骨头里走动

让你变得谦逊一些，踏踏实实一些
明白自己对万物常有亏欠
你就会知道什么能要，什么不能要

出　　书

谢谢你对一个退休老编辑
能有这样的想法
谢谢你的想法

你说要为我出一套书
不行，很惭愧我的作品很少
你说那就厚厚一本
不行，要那么厚干什么

太厚就不是书
就是印张和码洋
对不起在出版社工作久了
竟生出这种怪异感受

我承认，书桌上时光堆积
但并没有把我变得深厚
相反，一支笔越削越短
一张纸越磨越透明
一张脸天天洗越洗越薄

能出一本薄薄的诗集
能在我的句子中找到几枝桃花
珍藏几声鸟鸣
我就如盛满果实的竹篮
无比的心满意足

什么？你说九年前出的那本？别提了
那时就想厚，就想精装，就想硬壳
结果丝毫没有增加诗的重量
说不定被人悄悄扔哪个垃圾筒了

谢谢你能有这样的想法
过两年或三年，我把稿子交给你
就像我的欢乐，从未超过四个印张

在出租车上

是什么让一辆出租车如此感动
在这个夜晚，路湿锦官城

两位阿姨，彼此称呼小黄小傅
其实均已年过古稀
那样的悄声细语啊
那样的潺潺水声
急切地，又是沉缓地，从后座传来

她们相互倾诉着，聆听着
那些旧事忽明忽暗，忽远忽近
旧得无可替代，旧得令人尊敬
旧得发出新鲜的阳光香味

曾是两名志愿军文工团员
从小在一个学校读书，一个县城参军
一颗照明弹，为她们
隆重点亮第十五个生日

她们就是这样进入青春的
满怀保家卫国的壮志
歌声被风扬起
炮火硝烟是那个时代斑斓的云

出租车通过红灯，黄灯，绿灯
一个拐弯，调头驶向上甘岭
在一部磨损的黑白片中穿行

刚满十八岁，其中一个
独自躺在手术台上
却把身体中几节骨头留在了异乡
两位阿姨一别就是五十年
五十年爱情与荣誉
五十年沧海桑田

现在，她们一个是将军
一个是残废军人
一样的秉性高贵
时间在锈过之后磨出光亮

一样的璀璨夺目
英雄儿女王芳的续集
两种版本，一样的瑰丽动人

带着巨大回声的疼痛，历历可见
而后座的声音依然那样微小
多像这个夜晚的细雨
浑然不觉，出租车已是满脸泪光
笼罩于茫茫水雾之中

两位阿姨，还有她们孙子一般大的司机
像是坐在自家客厅
跨越三代人的沟壑
驶入无人之境高远之境
这个夜晚怎能用路码表来计算
年轻司机坚决不收车钱
感动更兼细雨
给他和他的车都做了一次洗礼

墓　碑

我逆血而来
看望九百九十九座坟茔
我的天空呼啸着淌泪

满眼墓碑
赠我众多儿女的名字
母性悲恸无声
我怎能体会四月在这儿的残酷
怎能咀嚼红土和蕉叶的火焰
怎能抵御茅草箭异样的体香

这些年轻的墓碑
十八九岁的枪支
像从土地长出的庄稼
刚刚拔节，灌浆
来不及收获就倒下了
我想，他们和它们
有如人的信仰和枪支的宗教
已合为一体

共同的沉默公式和牺牲法则
讲出了夜是自己的
白昼属于花鸟

我站在巨大的伤痕里
阅遍天体和掩体
我听见灵魂附在耳边说
士兵，是短暂而不朽的亘古式枪支
枪支，是英俊而潇洒的亚热带型士兵
士兵在光荣的深处
枪支在艰难的壕堑
相互拥抱，追溯彼此的起源

此刻，凝固的血
以新的平静汹涌
坟茔佩戴着新的露水和鲜花
为沉思而沉思
战争一身鲜红地流入苍翠
灌溉历史
无愧于最高的山峰
而我诗的坡度
始终难与痛惜平衡

万古青苍之下，哀乐轻抚
流水潺潺
我相信每块石碑都在倾听

毛　笔　信

毛笔信到达的时候
天已经黑了
就让我和你一起黑吧
一直黑进酽酽的夜色

很高兴能做一名近墨者
守候在诗意洇漫的边缘

难得你在躁动不安的市声里
还能气定神闲
写四页蝇头小楷
满纸氤氲，一字抵千金

在夜里静静倾听一缕毛羽的

娓娓述说，令人感动而且陶醉
忍不住伸出手指
跟随你的一横一竖一撇一捺
触摸笔墨的肉迹

这样漂亮的字啊，都临过多少碑帖
练过多少剑舞
蘸过多少六朝的月光

亲爱的信！你竟让我
读出一点植物生长的节奏了
一点云雾状的紫色、蓝色、乳白色了

也许仅仅一点
就会让一个愚钝的人
拨通千古灵犀

用毛笔写信的人如今还有多少
还有多少人能收到珍贵的毛笔信

黛　　湖

谁给你取了这个古典美女的名字
让你安静地躺在山峦
优雅、纯粹但不感伤
告诉我，黛，是一种什么样的情愫

风送来淡淡草腥
吹皱你同样古典的一身绸缎
一群怀旧的蜂哼着元曲小令
正要靠近你身旁那座柑橘园

没见过比你更小的湖了
焦渴的路人，一口就可以把你喝光
可是谁能测出你幽深的目光，幽深的绿
幽深的令人信任的绿

当世界满是焦躁与索求
当妄自尊大膨胀得快要破裂
你远离尘埃，小得超然物外
绵延千里的缙云山

在你平和匀称的呼吸中，灵气往来

在这样的湖边走一走
那些堵在胸口的事情，无论
多么沉郁多么浓重多么了不得的痛
都一件一件化淡了

船

船都属于水族
船都长着腮，摇着尾鳍

一只高大而俊美的船
一辈子不下水，还是叫木头
或者叫铁

一只沉船，一堆海底碎片
有人打捞或无人知晓
它都叫船

船的使命
是延伸陆地的目光
把陆地的梦想一千次举向浪尖

水域那么诡谲
所有的船
都踩着深深浅浅的命运

所有的船都伤过，痛过
残肢断臂过
从船体刮下的鳞片，是痂，是斑

船最怕岸
船的小名叫河
船的大名叫海

气　　息

对于万事万物的感知
我想应该用鼻子

用鼻子闻闻
就能分辨南北东西
就能嗅出是花蕊还是针刺
不要相信眼睛，也不要相信嘴巴

比如脸，可以整容
声音，可以化妆
情感，可以换了新衣再加外套
而气息是真实的

比如另一种红，钢铁熔化
另一种丁香白得像雪
另一种关怀从冬季走过
唯有气息，能让我认清

我相信气息无处不在
正如人人都可以从一杯茶
闻到清淡，从青山闻到苍茫
从“哒哒哒”的马蹄声
闻到辽阔

我曾从一粒红小豆

闻到朴素，饱满
闻到一首诗的品质和北方太阳的香味
气息给我营养
有时又让我焦虑

和我气味相投的人为数不多
我闻到足够的温暖
不敢将友情掰成碎粒，甚至研成粉末
漫天抛撒，我闻到
那是沙漠的气息

初　　稿

离痛苦太近
泪在杯中浮起
如汹涌的星星

将我们最初的悲伤
锲入一本书
文字的鸟儿，使石头啼鸣

使鲜花不断走出地狱

待痛苦结晶为药
发出微甜的回光
我们看见心中的恋情
像一轮太阳，返回纯洁的村庄

搁下杯子和泪水
取出初稿，蓦然悟到
可发表，可止痛，止血

生 命 寒 流

八面风来，雨来，雪弹子来
摧心折骨的悲凉
自颈椎，汩汩而下

无法摆脱的生命寒流，响彻肌肉
这个春季凝结成冰
柠檬树死在自己的花蕊里

我始终在一颗文字
一枚药丸内挣扎

闲置的笔
斜靠竹筒窃笑
妄图夺走我肩上的重负
那些惯于从水中游走的思情
有足无路，如蟹
急得大汗淋漓

即使心比天高，此时
也无法制止诗歌中乌云丛生
日光纵有万条长腿
又怎能逃出雷电追击

痛苦，这黑脸小妖精
不易杀死。它静静活着
活在骨头里，不露声色
它增生的小嘴唇不会亲吻
只会从里往外，咬

选　　择

前面有一只鹿

弓未拉直
箭镝便痴痴地垂泪

我当不了猎人
永生永世我当不了猎人

——那你就当鹿吧

人和寓言

二月寒流之后
人又抽出嫩芽
它远远向我走来
通体发光的叶子
许是梦幻

受着神的荫庇
所以才成了树
牢牢站在地上
那枚金黄的梨，许是语言

它远远向我走来
一边走一边从肋骨里
掏出一件一件乐器
箫声苍凉，琴声浑厚，笛声悠扬
这个天才的演奏家
令世间万物充满感动

路途迢遥
它要翻九九八十一座山
它要过九九八十一条河
它要擒九九八十一道闪电
它全身伤痕累累
像打满补丁的帆
让我内心生满荒凉

我就这样虚构一个人
确切地说虚构一个人物

一个人物因苦难而深刻
因深刻而崇高
因我的想象力而日臻完美

朝日由黄变红
弥漫人的汗息，踏白云蹈东海
它就站在我的面前
伸出手，喊我的名字，我多么惊喜

忽然间晴天霹雳
斗大的冰雹，卷走满山石头
人啊，这个人啊
它放出潜伏于心的一百头兽
横冲直撞，仿佛
虚拟的游戏世界血肉横飞

这样的情景，令作者和多数读者
猝不及防

更重要的是，我竟然
不认识自己笔下的人物
原来人早就发明了整容术

将脸躲藏起来

我怎么就没有想到换一种方式
这种手法其实很寓言，很荒诞
很有点黑色幽默的味道

在北方过第一个冬天

斗大的雪花飞速赶来
迎接一位南方人
迎接她在北方过第一个冬天

干净，彻底。同一切杂色告别
光秃秃的枝丫，不再牵挂
风的方向，风的形状
以及寒雀啼坏了的残叶和叹息

天空的热量耗尽
屋里开始供暖

这样舒适的室内生活，很容易
让人想起安静的白银
和微笑的瓷器

风在门缝里嘶嘶地叫
她用此吓唬两岁的外孙女
再不好好吃饭，听老虎来了

她和外孙女在同一时间
穿大衣，系厚围脖
在同一地点，接受白雪的启蒙教育

冷啊，真冷！她毫不迟疑
就爱上了这种冷
这种清澈的冷，通透的冷
光明磊落的北方的冷
她真是一辈子的冬天
都没有享受过这么冷的冷啊

她带着外孙女堆雪人的时候
童话就在她自己的眼里复活了
她说：快把所有的阳光和雪卷起来

寄给南方的冬天看一看——
瞧你那冷，阴阴的，鬼鬼祟祟的
不知从哪个旮旮缝缝冒出来的

在　机　场

女儿，昨天的电视新闻说
那个地区，和平遭遇危机
民众正发给印有骷髅图形的
防毒面具。而我的女儿

你就在此时起程
前往那个地区

过了安检
一步就是千山万水
看得见你摸不着你
一道玻璃门，透明如冰晶

忧虑在脸上盘旋

我知道留不住你
女儿，你是国家的人

义无反顾地，你起飞了
天空被一条怪鱼吞进腹中
我躺在剧烈的噪音之下
搜遍你全身的鳞甲

我　忘　了

我忘了这是 2012 感动重庆
现场直播。聚光灯对着我
我忘了我是来给一个女孩儿颁奖的
忘了把奖杯、鲜花献给她
忘了这个坐轮椅的女孩儿
她易碎的骨头里藏着金子和火焰
她内心的光明有如花朵
忘了她还有一个响当当的名字
叫榜样、人物和青年志愿者
我紧紧拥抱她。我甚至忘了

读得溜熟的只有几句的颁奖词
忘了镜头、麦克风和千人演播厅
时间在静静等待
二十秒、三十秒、四十秒
我抱着这个用云朵捏成的孩子
小小的软软的我的孩子，说不出话来
我只想这样抱着她，亲她的额头
像她的养父母，二十年前从长江边的
寒风里，抱走一个弃婴一样，现在
我只想从浪潮般涌来的掌声中抱走她

听 酒 讲 诗

来啊，诗人
来赤水河，来中国的白酒波尔多
你要谦虚地来，带着朝圣的心情来

如果你发觉自己已经老了
目光凝滞而枯涩
更要快些来，穿云破雾而来

跋山涉水而来
从高速公路飞驰而来
来接受酒的滋养，酒的培训

酒，坐在最高的讲台上
一滴一滴循循善诱：看吧
这坛微黄的液体，人们称它为时间
窖藏三十年、五十年、一百年的时间

它滤掉一切杂质，醇厚、绵长、优雅
清澈透明，人们称它为品质
它直率、豪爽，不懂世故
不屑于急功近利。来啊，诗人
把嘴唇贴近开满杜鹃鸟啼声的杯沿

当诗歌终于遭遇美酒
你发觉文字已经白发转青
意象生成有如酒菌一样繁衍
回到纸上，你竟然疾步如风
豹一样行走

诗　　人

诗人，你不能只在天上飞
你得回到地上

你不能只要光洁的柏油路
荣耀的红地毯
不能习惯于宾馆，宴席，小车
踩着滑溜溜的语言，无阻力行走

有一些鲜花、掌声、证书是不真实的
你得走过寂静的草垛、麦田
走过泥泞、废墟、陷阱和火焰

走过冰雪抖擞的枝条
走过瀑布和隧道
走过冷落、羞辱、匿名信
谣言密布的丛林

你得钻进大地腹心
听原油的咆哮

听河水发出大提琴一样沉重的呻吟

你是诗人
尽职尽责，不能丧失山峰
你无法停下的脚步被道路追赶
你得带着岩石去旅行

一年中最冷的一天

在一年中最冷的一天
我满怀敬意，读一本书

语言骑着速度和波涛驰来
一浪浪旌旗和土腥味的风
力透纸面，染我一身浑黄

这就是黄河
李松涛与黄之河

黄之河在字上行走

大地的伤口压满雷声和闪电
我浸泡在浩浩荡荡的深情里
礼物一样获得诗歌的沉重

摇动句子中的爱和泪水
从酣畅淋漓的倾泻我开始反省
在黄之河之前，巨大的颂辞和沧桑
之前，我是否有过真正的苦难
有什么理由再去诉说
那些羽毛级的悲伤

坐在城市倦怠的眼皮上
我仰望亿万年前的雪
至高无上。在生命源头，在冰峰
黄之河以远古的清澈和温暖
向我发出哺育、慈爱、文明和睿智之光

我突然懂得写作的尊严
阅读的尊严
在一年中最冷的一天

我一次次卷进漩涡
一次次浮出水面
搓揉、挤压，成诗的一滴
随黄之河穿越历史
穿越无尽的苍茫和荒凉

这是一年中最冷的一天啊
上苍把凛冽留给黄河
把更广袤的严寒留给诗人
当日月无辉，黄河断流
我看见黄之河使命般挺身而立
高高悬挂于灵魂的河床

这时，我想问，尊敬的诗人
你的呕心沥血
能否赎回人类的一些过失
你的忧患，能否成为忧患的限量版

我是您的诗人

祖国！我是您的诗人
我的诗歌吃您的五谷
穿您的云雾
是您打开满天星斗，夜夜为我点灯

是您的群山，峡谷，森林，河流
和阳光一起奔涌而来
赐予我波浪一样起伏不平的词语
草尖上的风暴和雨露，告诉我
应该怎样成为一个诗人

我已经年过花甲
白发三千丈，我还是您的女儿
母亲！我喊您的声音依然是带着乳香的
您的爱是哺育是给予，弥漫着
存在于我一切文字的生长之中

我在山上住得太久
只会发出鸟一样的啁啾，甚至

把一生都藏进一棵渐渐大起来的树
以为幸福就是水果的味道
展开的树枝就是飞翔

您的一片树林就是我的故乡
您的一条河就是祖国在我全身流淌
我从一个苹果的脏腑里走来
肺腑之言，就是由雨水、泪水和汗水
酿制而成的赞歌

我一刻不停地从花朵里
提取芳香，就像从爱情里提取镭
深深深深的爱啊
就是守护好您的每一片春天，每一声鸟鸣
祖国！我是您的诗人

悼 抒 雁

二月十四日。凌晨
漫天雪花开得如此绝望

黎明奋力冲破黑夜的喉咙
吐出最后一丝带血的朝霞

我拿着手机，发愣、发呆
不相信这是真的
我们尊敬的兄长抒雁
我们杰出的诗人抒雁
“离开了他无比眷恋的世界”

他怎么会不眷恋
如果把他所有的诗篇铺展在大地上
就是一幅无比瑰丽的长卷
这个站在山顶吹铜号的诗人
号声鹰啸一般穿过苍凉
他有什么理由从高崖急速下坠
岩石列队等待谁来演奏

这个小草一样歌唱的诗人
从泥土获取的力量多么巨大
我相信一根草尖足以顶住一枚雷霆

这只始终处于飞翔状态的

来自巍巍大雁塔的雁啊
他骄傲的翅膀凌驾于风之上
被诗神眷顾着庇护着，一刻不停地
飞过工厂、矿山、森林、牧场
凝固的身影，怎么可能
与落日一同坠毁在地平线

翻开今年第一期《诗刊》
还留着抒雁的诗
那些苍松翠竹般挺拔的
充满生命气息的句子，在二月就被
折断，我怎么能够接受从文字的骨头
迸发出短促而尖锐的撕裂声

可耻的凶残的贪婪的病毒
我鄙视你！你只配躲藏在小小的细胞里
在一个凌晨哗变，夺走一个人的生命
而我，依然要把胜利者的勋章
送给他。我相信战局尚未结束
他一定不是你的战利品

因为我们兄长般的挚友抒雁

他是诗人！他光明磊落，心襟坦荡
他对世界怀着深深的悲悯
他洁净的手从不多拿世间一草一木
他带着诗歌一起飞翔
他骑着的那朵云就叫雷抒雁

月亮上站满诗人

看啊，月亮升起来了，升起来了
从湖水，从草地，从树林
从城市的上空升起来了

月亮上济济一堂，站满诗人
我一眼就看见了
李白、杜甫、王维、岑参、张九龄
他们发结高束，衣袂飘飘
他们研墨展纸，挥洒豪情

他们把一年一年的中秋月
吟诵得更圆了，更亮了

他们站在各自的诗句上
一站就是永恒

我爱着的人们啊
想去你想去的地方
你就跟着月亮走
想见你想见的诗人
你就摘下几句月光仔细辨认

把明月泡进酒缸里的一定是李白
一身戎装守边关的一定是岑参
千里之外的婵娟还是留给苏轼吧
海上那轮大明月还是留给张九龄

今夜我最舍不得的人是杜甫了
因为是在渝州，在我的家
杜甫说我的家“露从今夜白，月是故乡明”

今夜我多想把月亮里的诗人
一一请回来，请他们
提着月亮带着桂花酒一起回来
我要和他们一样宽袍大袖，互行拱手礼

月亮还是那么圆那么亮
仿佛从未染上时间的沧桑
仰望万里清空，我泪水纵横
不用一兵一卒，一枪一弹
就占领了另一个星球的人，只有诗人

灰色的水

灰色的水穿过峡谷，穿过戈壁
那样灰黑、灰白的水啊
有时湍急，有时汹涌澎湃
有时细细的，眼泪一样的
贴着大地灼热的脸庞
灰色的，浑浊的水
就那样流，流进时间
所到之处，没有草
没有牛羊，更不可能有鱼
没有牛粪火和馕的香味
没有石榴、葡萄和斑斓的风
挟带各种矿物质的灰色的水

就那样流着
那样不顾一切地灰色地舞蹈着
使庞大的寂静
动了起来

大　峡　谷

我相信，任何存在
都有一条裂缝。肯定有
让事物本身迅速改变
天山也是这样
一条裂缝，成就了一条大峡谷

乘机而来的，总是风
有时从正面，有时从侧面
风沿着最初的裂缝往里钻
往里刻！极其尖锐
极其深度地往里刻
甚至肆无忌惮在里面打旋儿，做巢
孵出一窝怪诞形体

有时，风从后面
就成了刀之外
另一种暗器

呼啸声不断传递着风速
和即将到来的平静
我们就在这个时候
沿着峡谷走
看到了世间最好的风景
最痛的山水

小 火 焰

一群盘旋于天堂和圣光中的鸟
一群雪莲，一群下凡的星子
一群鱼，在荒漠无边的朔风中游动
一群马，抖擞血红的太阳的鬃
一群跳动的幽蓝幽蓝的小火焰
突然出现在奥依塔克
出现在今夜，在夜的篝火

夜的中央

顿时我目光沦陷，再也无法收复
我双耳失聪，世界寂静无声
顿时音乐忘记音乐
舞蹈忘记舞蹈，诗忘记诗
倘若此刻战斗打响
顿时哑了所有枪筒
折了所有剑戟，战争
忘记战争

盘旋于天堂和圣光中的
柯尔克孜小少女啊！跳动的
幽蓝幽蓝的柯尔克孜小火焰啊
我唯一不能忘记的
是你的美丽

一　棵　树

它们是这样成为一棵树的
一棵树生铁一样楔入另一棵

一棵树成为另一棵腹中的钉子
没法拔，不能拔
那场雷电已经过去一千年
它们一起死过三百年
撕心裂肺地，仇恨过三百年
用同一把冰雪敷疗伤口
又是三百年。最终选择活着
活着，就是宽恕别人，同时也宽恕自己
它们保留各自的姓氏
两种不同的叶子在风中招手
这棵树让我无法忘怀
它在南疆温宿县神木园

戈 壁 乌 鸦

不是一群
不是集体主义者

看你的那个黑
像红到终点的红
自太阳心中滴出

看你的俯冲
像一片削薄的铁，轻啸着
插进飞起来的尘埃

我把你误认为鹰了
我摸到你烈焰中的抵抗了

眨眼之间
千年的黑夜亮了

最后，你落在离我不远的砾石上
校正了我对英雄的片面认识

乌鸦，戈壁的独行侠
假若我有羽毛
每一片都会因你而战栗

慕士塔格峰

如果
能赐予我冰雪品质
能接受我仰望目光
你就抖落一点点银色吧

慕士塔格峰
那样从容地
站在路的尽头，神的开端
站在天的蔚蓝里
庄严着，圣洁着
并不顾及朝圣者的缺氧、头晕
心跳过速

奇迹没有发生
不可能发生。我不配
我才第一次登上帕米尔高原
慕士塔格峰
一定闻到了我身上
尘世的焦躁、浮华和俗气

但我不会停止祈盼
我会捧起
似绿非绿似蓝非蓝的
喀拉库勒湖
那是来自你深处的回应啊
一遍一遍洗手，洗肺
洗——有时暗藏的心思也不太干净

沙　漠

椭圆形的巨大盘子
装满浅色咖啡
任风在其中搅动，任大地变软
软软的地球腹部，摇曳的火焰姿体
沙棘和骆驼刺是唯一的硬武器
沙漠啊，我不是你的敌人
不甘心被你用最软的方式吞噬
真想一掌将你击破
而你如蜃气渺渺升起，无影无形
我就是那只小小的蜥蜴
在巨大的正午爬行，哪儿能找到出口

胡　　杨

当我第一眼看见胡杨
我就看见了苦难和坚强

塔克拉玛干以北
巴楚，大沙漠边缘
有人说其实就是沙漠了
几棵，一片，一大片
一大片一大片胡杨树
蓬头垢面，披头散发
简直就像风沙中狂奔嚎叫的
疯婆子

这是树吗
没有叶子
皲裂，枯干，跟柴一样
还有倒下和没倒下的半截树桩
还有真实的不是诗意的被掏空的心
一场厮杀永无止息
胡杨林横尸遍野

但没有血腥味
只有我，一阵阵地心绞痛

我不断提出儿童科的严肃问题
它们真的死了吗？能不能活过来
它们是人栽的还是本来就有
仰头问天，天空特别蔚蓝
从穹顶传来的声音特别清晰
它们是神派来的
专门负责吃苦，吃风，吃沙
负责保护身后的家园

它们是沙漠的孩子
所以它们的名字叫胡杨

和田的无花果树

上苍赐予大漠的生命奇迹
无水而受孕，无花而结果

一张口，吃过成吨成吨的风沙
经年累月地吃，一天也不少
你把风沙吃到哪里去了
怎么吃得自己郁郁葱葱

快六百岁了
枝头诞生了多少鲜嫩欲滴的婴儿
只有上苍知道
你自己早已数不过来

这么多千里外万里外的人
双手合十，以你的果实为灯
笼罩于巨大的生命气息之中
这么多人，手指迅速灌浆
毛发迅速葱绿

绕树三周，默默祈祷
树说许个愿吧，只要心诚
要什么我都会给

我从青山绿水来
天待我太厚

我不能向你要瓜果，要丝绸
更不能祈望在墨玉河边，捡到一块
价值连城的羊脂玉

我捡起一片地上的叶子，一片箴言
我想我首先应该学会
珍藏一些，扔掉一些
甚至腐烂一些
我想我通过你已经获得上苍的赐予
和田的无花果树
一棵树就是一座森林

牧　　歌

草原的草是没有遮拦的
漫不经心就走过克鲁伦河
草原的牧歌是没有遮拦的
风一吹就开出遍地花朵

贝加尔针茅长小小的刺
刺我们手臂以轻微的疼痛
八月太阳长小小的刺
刺我们心里以无限欢乐

四野飘荡音乐的气息
那些散失的名字和马匹
聚到一支牧歌上
就成了草原庞大的根系

每一棵草都走来走去
老是变换牧歌的方向
牧歌走过的地方黄了又绿
黄与绿之间夹着一片草原

往库姆塔格沙漠走去

往库姆塔格沙漠走去
结果会怎么样
结果是一堆散碎的意境

黄色一层层盖过绿色
风一天天吹

一切经验都拒绝与我为伴
风沙最终要抹掉我
而祈祷是无用的
而月亮正在死去
而我正往库姆塔格走去

啤酒瓶的遗骨在风中大笑
我必须学会在沙漠抒写狂涛
太阳刺我，风沙锤我
只有天边有水，有船，有树
有坠落在水上的钟声
在唤我。在库姆塔格，我饿了
两瓣凋谢的嘴唇
衔不住西去落日
一只黑鸟从我右边的天空
飞进我左边的天空

结果会怎么样呢
结果也许很坏

而我还是要往我的沙漠走去
一只瘦蝶，一张最薄的怀念
最终渺小如沙，伟大如沙
我松弛的思维躺下

告别酒泉

一阕月光
任你吟出几多醉意
戈壁风回旋到此
已被酿成酒的支流

酒泉滴滴
滴落即成以往
生活即成告别
酒中看你胡旋
看你墙上醉步的书法
一排雁声，涉过酒泉
便不再是关内的鸟儿

雪峰挂在你右边的窗上
家乡挂在你左边的弦上
听你弹淡蓝的思念，淡了又淡
那么酒是今夜的上帝
上帝说酒可以满，月不能圆

酒泉滴滴滴落，即成以往
生活即成告别
告别的酒容易醉人
告别的月光容易伤人

疏　勒　河

日月往西
日月的方向是男子的方向
水流往东
水流的方向是女子的方向

而我要追随你径直往西去
许多年许多年

风为你狂野，山为你雄壮
但我还是要弄一枝羌笛
缠缠绵绵吹过嘉峪关去
还是要弄一船月牙
剔剔透透撑到鸣沙山去

一直到你的驼队与马队
驻足不前。到你干渴的双眼
只能畅饮蜃景
到你迷路，昏厥
四处寻找铜钱、瓦罐与白骨

夕阳埋进沙堆
又一早一早地站起来
那是我用我温柔的带血的手指
从坟墓抠出来的生命
但是九色鹿不是我
摘取火种的英雄不是我
护佑你巍峨健壮的女神也不是我
我只是穿着土布衣衫的疏勒河

随你西去，要说话更淡，走路更轻
在鲜明的反差中与你和谐
当呼吸下沉到你的沙底
会有沙枣花开在我的床上
我就这样一步一步滋润你
一个冬天孵一窝卵石
一个夏天生一片绿洲

这世界如若没有温柔
一切生动的脸都将枯萎
日月往西，日月的方向是你的方向
而我要追随你径直往西去

下 一 站

下一站
一次次被车轮扬起的尘埃覆盖

背负着烈日和冰雹
我要赶往下一站

那酒旗飘摇，备好茶水的
那窗明几净，一尘不染的
不是我的下一站

那花潮汹涌，滔滔的鸟声迎面扑来
载歌载舞的
不是我的下一站

一路颠簸
与十万里风沙结伴而行
我要赶往我的下一站

我的下一站
在大漠以西，红柳以西
盛开的沙枣花和马蹄以西
一段最好的人生以西

我的下一站选择空白和停止
在地图上找不到它
它在我的心脏以西

红　柳　曲

一

我的掌纹清晰如路
你的掌纹坦荡如怀

掌纹的指向，是一列
英雄的长途。举棋不定的梦
停在火车驶过的站台
让一只卤鸡和一袋锈梨陪我
我就能追赶你的苍茫

东方伸出长长的佛手
没有抓住西去的落日
我多年的祈祷原本是一次
庄严的赴难！沙海太沉，阳光太重

二

大地祭坛，不甘屈辱的祭品
是一群被追捕的无辜野魂

一个沙哑的声音在喊罪犯罪犯
沙丘摇摆刑警步
黄色与灰色浑浊不清

你说：世上最好闻的气味
是新鲜羊粪的气味
那是生命的气味，是你的昨天

被夸张的死亡
谄媚的磷火是无数灼烧的躯体
风的旋转的舌尖
吐不清这无血无泪的诗句

原始的蜃气被你一掌击破。你又说
你不因生而伟大也不因死而渺小
却要从白骨中判明生者的方向

三

雾在后山，旋转的牧场
打开巩乃斯平川

天地被你无限放大
我被你无限缩小
缩小的我的身影，无处藏掖

光的手指，滑腻而世故
扶我站起。我已不能作为我而存在
广阔无边的孤独
是唯一生存我的空气

那么多玫瑰和酒
那么多柔情和草

为什么命运选择了我在四月到来
为什么夕照中我和平的剪影
让一颗心疼惜
让十万支压满敌意的枪筒喑哑

为什么我的红柳裙受你抚慰
从此亮丽清新

四

爱的羽绒，真主的翅膀
我被簇拥得如此辉煌

树梢抖落粉状的白色
山野抹上蜡状的白色
河水流淌液状的白色

白雪将我圣洁
乔尔玛路带沿我双肩泻下
白雪啊白雪，我和你彼此燃成白炽
天山，在你低沉的褶皱之间
夹着一条幽咽的四川

风在扬鞭，陆地急不可待地飞动
寒冬没有掐掉最后的胚芽
我淡得似有似无的草裙
绣满活蹦乱跳的小驹子

你呼吸你的天山
我流动我的天河

同一片天籁赐我们分享

五

我是你一跳一跳的维吾尔小火焰
十二岁的花儿
吵吵闹闹的热瓦甫

为你提壶洗手的小妹焰焰
为你擦亮皮靴的小妹焰焰
吊着你的脖子，在水渠边蹦着与你比高
使你浑黄的眼睛流出最清澈的水声
是你十二岁的焰焰

今年总是开在去年的枝上
明年总是开在今年的枝上
杏花谢过四月
哥哥你乌黑的蹄声使塔松的鬃毛摆动

你说火焰还分大小吗
你说：你永远是我十二岁的古丽

六

直立的海，每一根柱子
都是沙尘。转来转去我们转不出
这方戈壁

捧尘土敷过旧恨与新伤
满是血迹的脚要学会忍让
天地间仍是一团混沌
唯沉默能使山与海同行

月色如铅
沙枣树沉重的身躯，缓缓爬行
抖落二十度春秋的荣耀和耻辱
空出手来，反剪一双持重
释放一对轻盈

我永做你背阴的一面，陌生的旅人
我的使命是与你飞越幸福深重的夜境
有火种点点滴滴，那不是太阳
不是太阳。我们要的不是黄金

七

被蹂躏的灵魂
被蹂躏成沙仍旧是灵魂
绝望如同欲望，如同旌旗高挂
哦哦，看又一群背包来了
又一群黑鸦

乌云盘旋
画无数狰狞的圆
一声凄厉的狂叫，一只手在抽泣
你大步上前为我梳理风暴

一羽月光飞去不再飞回
这是岁月。火焰山点燃不再熄灭
这是爱情。河水拉着汽笛驶往远山
远山笼罩于神晕
是我不能到达的层次

永生不能到达你，并不忧伤
借西风年年为远山披一件胡杨
天空落雪，草木落泪

雪与泪的吟啸，就是我的瞩望

八

汽车穿行于刀凿斧削的山脉之间
一个拐弯
温柔的曲线出现在眼前
哦哦！一片清澈的水，一抹绿草

这时谁能不说西部是属于女性的
她只是甘于在最后出现
甘于把辽阔与驰骋交给男人
她负责生育，负责烘暖土坯房
负责用牛粪火烤熟香喷喷的馕

负责用曲线的斜坡去赶小马驹
负责剪羊毛擀毡子，负责挤奶
那香甜的肥硕的肉质的奶啊
就从牛的羊的石榴的梨的杏的乳房里
从西部饱满的乳房里源源流出

升平，恒动，宽厚，良知
创造了男性世界的文明

九

你说：你来此是真主的旨意
真主早就安排了一顿饭，宰了一只羊
要我在此时此地招待你
无法削弱和阻碍的天意顺它去吧
为证明我的坦诚，这儿才有了戈壁

一生只为了栽种一棵月牙
一支弯腰的仙客来
只为了朝拜一对星辰

世界的终点是天山大峡谷
是峡谷中鸟类与鸟类的回声
直到日出杲杲，相互被点化成神话
才回到各自居住的树丫

生命的神秘的香味
湍急的四月的光芒

而我至今对你无所不知一无所知
我匆匆地来又匆匆地去

唯你绵绵无期

十

什么时候草场牧歌发芽
羊肠道孕满愁蹄，哎！我记不起了

大白狗下过几千次崽
杏花杏花谢过几千回春
月亮月亮挤过几千道皱纹
我全记不起了。可怕的困倦袭来
我听不见海潮

女人最宁静的时刻
女人最庄重的时刻

啊，忘却
忘却是爱的极致

豆蔻梢头，耳坠子刚刚定亲
有阿訇作证啊
我获得了你的珍爱，永远崇拜天地

十一

柔巴依，柔巴依
我一切所幸与不幸全在于感激

我为什么感激
我怎能不感激

伟大的男性愈加伟大
伟大的女性愈加平凡

我代代与你相随
我世世与你相逆

你就要上路
让我站起来
让我最后为你勒紧马的肚带
整理马的鞍鞯吧
女人死后化为红柳
请把我插在你的胸前

北　　方

这是最好的季节
无人能托起一个秋天的重量

只有上苍摆放于北方的餐桌
巨大，丰盛
那张油浸浸的黑色台布
转动日月星辰
转动稻谷、玉米、大豆、高粱

田野佩戴红缨
阳光扬起白马的鬃，辉煌而高傲
我一头撞进热闹的大地婚礼
把自己等同于庄稼
等同于一垄一行

一眼望去，黄了，满了
我这个经历荒年，刻骨铭心的人
穿过野菜，镘头和饥饿的记忆
找到在代食品店排队的自己，问

你在想什么
我在想——黄了满了的粮仓

地要深翻，肥要多施
一粟一穗要供奉在最高的圣殿
地球正处于消费的狂热期
人啊，看紧你的餐桌，你的碗
你碗里的饭，碗里的汤

收获以吨计，喝酒以亩计
在北方，不会喝酒也要喝个半亩
再种上一万亩辽阔
送给自己的胸怀
然后扛着北方回老家
扛着新采的榛蘑和上好的杂粮

风 至 八 级

风至八级
一场大规模的扫荡开始了

站在风口的山榛子树啊
预感中的撕裂就在今天

远远地，我看见了你们
与落日同坠
与地平线形成三十度、二十度、十度的角

匍匐
昏厥中的挣扎
生命里最伟大的忍耐和克制
我看见你们山榛子树集体匍匐

风至八级，铁已藏进岩石
水已回到冰川
荒凉已下陷至十二月最低处

只有你们
一生不从风口挪动半步的山榛子树啊
不屈如勇士
悲壮如筋骨嶙峋的高贵兽群
匍匐于落日的方向
把啸声留在空中

缤 纷 菏 泽

我叫牡丹
另一个名字叫菏泽

梦中，越过绛紫色睡眠
一场盛典令我期待

风吹动思念的流苏
我心中的情感已经开得令人痛惜

红啊
如火如荼的红
红得想高唱革命歌曲

红得像红骏马扬起红鬃穿过红云
飞驰

摘下左侧的光线
请认识另外一株
在那里我一袭的白，无敌的白

因为我的身上
积聚着千年的冰雪

想起冬季，那只休眠的虫子
时间的绿就一点点减少
我藏在蕊心，以沉默代替嘴唇
从痛苦中拔出自己的泥

深不可测的忧患啊
我就是那位冷面使者，乌黑如漆
但是，缺了我，这场盛典就称不上瑰丽

缤纷菏泽
我站在四月的入口
站在瓣状的灵魂里
向人们指路

老人与花冠

老人迎面走来
我看见她满额风声
哗哗的皱纹流淌

在皱纹之间
填满了笑容

我看见一顶花冠
娇嫩地
压住了老人一生一世的痛

我看见了美

我不再叹惜花期很短
人生很局限

在万紫千红的纸上
我找到了永恒魅力的
白发的文字作衬

青　海　湖

是谁，有着这么巨大的悲伤
或者这么巨大的幸福
把一滴泪放在青藏高原

就成了一滴穿透时空的
海水蓝。是谁告诉我
“圣洁”这个词，一生只能获得三次
我得慎用。现在这个时刻到了

这个时刻，蓝了。又是谁
乘白云掠过机翼，催促我
快带上血液、白发、激情
还有诗歌，融入这片蓝

离太阳最近，至高无上的蓝
蕴藏爱的宝石，泪的金子的蓝
在梦想和恩典中飞翔不止的蓝
青海湖，2007 年的蓝

现在，我用目光把你轻轻提起
丈量鱼的深度和鸟的高度
一寸寸打开自己的空间

青 海 的 草

蜿蜒不绝的被子，纯棉的，弹性的
高原八月的另一层皮肤
是青海的草

经幡拂动下的吉祥文字，生生不息的
牛的，羊的，马的，连虫子
都想生根发芽的
是青海的草

用情歌、酒和生命源头的水
浇灌。醉人的，静谧而热烈的
让花儿一朵比一朵唱得嘹亮
是青海的草

在蜿蜒不绝的碧绿的早祷声中
让我埋下头去，朴素地嚼着
吟诵着。让我的蹄子点点点点
一路往西，登上最高的殿堂
是青海的草

鹳　雀　楼

如果你想知道何为占领
超越一切的占领
不费一枪，不伤一卒
仅仅派出二十个汉字
干净利落
你就去登那座楼
那座
黄河边的鹳雀楼，在永济
唐朝的鹳雀楼，在王之涣
在日落之前
在黄河入海之前
如果你携带十卷诗文

十卷山水
十卷风雪雷电
终未到达生命和境界
你快去登那座楼
王之涣的鹳雀楼，在永济
在日落之前
在黄河入海之前
如果你想看得远一些
再远一些
远到永远……

不能没有树

一把抓住我的
是这些从岩石裂纹中伸出的手
这些寻找价值和意义的华山的树

为什么我的诗总是离不开树
因为我灵魂里不能没有树
华山也不能没有树

假如把我的枝条也插在这里
试一试凌空高蹈
试一试身处绝境

我要怎样才能在疾风中打开翅膀
展现恣意的飞扬状态
我要怎样才能咬住
石缝中细细的光亮和水

当这些并不葱郁的绿
一寸寸爬上山巅
我认定华山又升高了几米
我还认定华山的树只有两棵
一棵叫作坚强，一棵叫作欢乐

华　　山

高速路上
一壁巨石拔地而起
镜子一样反射夕阳的金瀑

莲花状的山峰层层围拢
盛开蓬勃的旅游业
华山，来了之后，才知道不能不来
不能不阅读你陡峭、险峻
峥嵘万状的酷厉的美学

历经电凿雷劈，你何其锐利
与我的反差何其强烈
生命里缺了石头
就缺了应该有的硬
为什么一些风暴
总是让我们难以抵御

自古华山
一条路。刀刃般的脊背上
每天都有络绎不绝的人
义无反顾种下脚印
为危险埋单，把悬崖当成美景

水已到达岩石和道路的尽头
从峰顶垂直跳下
那样秀气的一湄，英雄的一湄

它从何而来
天地间悬挂的琴弦
拨动多少玄机

在花岗石的折皱里
蕴藏多少鸟鸣

临　　潼

在这里不能不说
最适宜的工作就是考古
历史厚得无法用镐
树枝间挂的全是奏章
一脚下去，踩痛的全是陵墓全是战场
小贩们用复制的陶俑炫耀兵力
还有竹简和帛
不能不说锦绣堆成的骊山
一件霓裳羽衣，九尺白绫
当紧闭的宫门一道接一道地打开
不能不说疾驰的烽火和荔枝

正值中秋，月亮胖起来
石榴又红又大，种石榴的人不吃
权当献给游客的贡品
新建的宫殿楼阁和现代经济息息相连
这时考古队又掏出半个王朝

宿松的雨

我因此记住了宿松的雨，大雨
我来三天，雨就下了三天
那是从古代松滋国一路下过来的
为诗会准备了两千年的雨
何处为吴，何处为楚，混沌一片
看不清。我相信有一种情怀
一定和雨有关。既然宿松
既然蓊郁的谢灵运、李白、苏轼之后
又来了一株一株收集雨水的人
那准是神谕天降
为文字洗尽尘埃
为焦躁、虚妄、自大注入清醒

我被宿松的雨拽着，走进课堂
十五岁的中学生邀我从落叶返回枝头
这才明白青涩多么珍贵
所谓成熟，还是不要为好
就让它始终站在千米之外
我还得提着满满一笼烟云赶路
穿越点点滴滴。在宿松，在老年
大雨转中雨

小　孤　山

一脚踏进水的腹心
一手高擎穿灰袍子的云

古往今来的船只
备好猪头求它保佑
长江上的妈祖小孤山
诗书如叠，香火不断

进山石阶，奇韵一样陡峭

小心翼翼躲过最低的愿望
走了一半，还是气喘吁吁

雨使着劲儿地下
像要把岩石浸透，把时间滴穿
手指无意间碰着石壁
石壁蹦起来，吓我一跳
小孤啊小孤，我不是
利欲熏心之人，请看眼睛

住持行义请我进屋喝茶
茶说谁能化浓为淡，谁就能
化险为夷，活在自己的静里
面对雅士一样的行义
我用聆听表达尊敬

浪涛打着低音节拍从脚下滚过
低调，请再低一个调
雷声，雨声，水声的和弦
我听见了。心中大气盘旋
我要把旅途中一个驿站
嵌进绝壁

站在小孤山
谁都不会觉得小，觉得孤
觉得不安全

巴楚之间

巴人一生藏着太多云雾、树、岩石
太多惊涛骇浪

巴人无法破译
生命中那些陡峭而嶙峋的密码
认定世界就是由岩石和水堆积而成

巴人多数时间都在划定的区域内
打转转。N 次去巫山
N 次过白帝城

N 次穿越大山腹中的隧洞
穿越偏僻的村庄，冷涩的典故

一朝至楚
楚阳光灿烂，脸廓开阔
紫气东来，一江的金子滚动
船只行走于光芒之巅，不再失足

巴人快步登上至喜亭
何为至喜？习以为常的喜不是至喜
楚人好啊！楚人懂巴人的心情啊

巴人以为，酒是为巴人备的，至喜亭
是为巴人修的
为纤夫，为过客，为历经生死搏斗的
船只修的。巴楚之间
一气相通，一脉相承

巴人眼界宽了宽了
一双睫毛已挑不动这慷慨的赐予

往下看，看见平原、大坝、鱼米之乡
往上看，看见雪山，看见古人
一朝朝一代代，穿激流过险滩
曾派遣多少词语修栈道
又留下多少故事暗度陈仓

与泪相逢

我是想起了什么
或者什么也没有想起
我就这样莫名地流泪

为台北的细雨流泪
为阿里山的清茶流泪
为葡萄园或其中的
一颗两颗三颗
流泪

我的泪穿白云过海峡
历经千辛万苦
才和另一滴泪相逢

里面，在一滴泪的里面
甚至在一滴泪里面的里面
我再次看见
泪在寻找，泪在倾听，泪在哭泣

快乐的含义太多
而哭泣只有一种
眼泪使我们彼此靠近

波涛里的叶子

一片多山，多水，多树的叶子
一片多雨，多台风，多地震的叶子

地震震不掉的叶子
台风吹不走的叶子
雨和泪分不清的叶子

一场雨从台北下到台南，从天边
下到屋檐。迷迷蒙蒙地下
断断续续地下，酣畅淋漓地下
打湿我直到浸透我的叶子

一片飘逸的东方心性
深邃的叶脉与我同根

一片叶子，用鸥鸟的翅膀飞翔
用大海的肺腑呼吸
一片镶着花边，波涛里的叶子

被发光的和黯淡的历史运载着
一片叶子，明丽而沧桑
一片因疼痛而惊醒的叶子
我们相互企盼着，呼唤着
呼唤亲人一片叶子

暴雨过后，天空亮如瓷盘
一片溶化于蔚蓝的叶子
生生不息，还将一千年一万年
由孩子们吟唱的叶子
高山青，涧水蓝
当新的季节带来新的雨水
新的雨水带来新的杧果和荔枝

台 北 电 话

今天上午
台北电话说
诗人王禄松走了

惊愕。不信。痛惜
八个月前，我还在金华听过他
激情澎湃的演讲
感觉他身体挺好，有用不完的才情

王禄松，和他名字一样
是一株缀满针叶和果实的树
这样的树，没有理由说断就断
叶子被风刮断了
枝柯用疼痛在风中写诗
我相信诗人都会守自己的诺言
他只是叶子随风去了
树还会回来

可是台北电话说

这棵树不会回来了
他已走进阿里山的灵魂
青苍地消失。一路撒落的松子
请朋友们细心拾掇
台北将汇聚成册，作为悼词

我没法阻止我的诗句在瞬间断裂
没法阻止一种粉末状的怀念
从木头里掉出来，黑黑的，黏黏的
接着在屋里乱翻
想翻出台北陈年的风雨

我找到一叠诗笺，一封电传
纸上的花鸟依然鲜活
我不能相信台北电话
不相信尊敬的王禄松先生
和他的智慧小语
会在这个阳光明媚的六月
遭遇急刹车

墨西哥湾

这一天，古老的墨西哥湾
正上演一场暴力悲剧
鱼类和海鸟穿上厚厚的盔甲

大海暴露出严重溃疡
它的血是黑色的，浓烈的，极其污秽的
像隔夜的地沟油

远处是赤道
一排波涛警惕地守卫在赤道线上

还是这一天，我梦见成千上万死去的鱼群
在深夜破城而入。它们不是游
是走，气势磅礴却又无声无息地走

走在我常去和没有去过的那些大街上
像一群赤手空拳的抗议者

拉斯维加斯如是说

我极尽世上的奢华迎接你
金币铺路
少女手捧珠宝和红唇

高高垒起古埃及的石头
借用一座金字塔
压住西部寸草不生的荒凉

用卷边的玻璃配上花饰
用中世纪的浮云配上浮雕

火山与音乐一点即燃
一场盛大的秀即将开始
我引进威尼斯的水，一滴一滴

又一座富丽大厦即将竣工
夕照中它全身披挂幸福的巧克力

我的城池

建筑在人性最脆弱最贪婪的连接处
昼夜颠倒，我的生命从日落开始

我的时钟已处于临阵前的亢奋和冲动
我的臣民以机器虎为伴，以筹码为食
我的上帝又聋又哑

如此这样，你可以体面地躲避崇高和良知
挥金如土，忘掉负债危机，你尽可以
毫无顾忌

经济数字乌云密布
我人造一个天空
终日白云蓝天，将你笼罩

飓　　风

我并不清楚我的企图是什么
从何而来，和大地有什么冤仇
一开始我只是个无耻小人

一路逶迤蛇行，让你以为
我在踢一场艺术足球

突然，我血脉偾张，发出咆哮
一只无形巨手，让地球从根部撕裂
让道路和山脉悬浮在空中
让你的房子车子，全都片甲不留

我拎起一片海洋
就像拎起一块丝质小手绢
抛上去又扔下来
在三千米高空，我调集全体风暴雷霆
往下砸！一次一次狠狠往下砸

我时不时都会这样来一手
管它是什么国什么家
管它有什么样的重武器我都不怕

这一次我取了一个好听的名字叫“艾琳”
在佛罗里达边上晃了晃
就一路北上，经纽约、波士顿到加拿大
我就是恶魔。专与骄横自负的人类作对

我不清楚是谁把我从那个小盒子放出来的

一 个 老 人

她唇边那朵苍老的菊花
开得令人惊骇
她目光如梦如幻，掠过某一段光阴
她白发上的金色被谁用刀子一点点刮走
她曾经是个美人

她喜欢坐在这里
陶醉地。深深
吸进带着铜腥的斑斓气息
她以为一丝一缕，都连着她的前世今生

她一定爱过，恨过，狂喜过
悲痛欲绝过
现在她的爱变得心平气和，举止斯文
她的恨让一把锋利的复仇之剑
渐渐变钝

她来了

她实在太老了

慈祥的老奶奶不忘每天按时到动物园

喂她的宠物虎吃雪糕、比萨、小甜饼

她一生都在赌

输光了岁月

赢到的最大快乐就是没有快乐

相似于最高技巧就是没有技巧

她的脸就是一本翻旧了的赌博指南

德克萨斯州

焦渴的德克萨斯州

我遇上你百年不遇的干旱

你宽檐牛仔帽下的脸

露出裂缝和蛛网

一条河流抛弃了河床，离家出走

你的新闻
有一股毛发和皮肤的焦糊味
你的玉米期货，赔了

一株不识时务的另类植物
肉质花瓣开得像名星的大嘴
但是现在，我不喜欢这样刻意的谄媚

我喜欢你，整日与牛羊和牧草打交道的人
他们戴着苹果耳机一边听时事、音乐
一边开着皮卡。在往超市送货的路上
知道了州长要竞选总统的消息

他们在这个夏季的汗水敲得土地当当地响
我听见了美国南方的心跳

我喜欢你，草地上胆大而机灵的小松鼠
喜欢你不含添加剂的牛奶、牛肉和空气
我喜欢你的冰激凌

鸟声为什么突然沉没
树林的簧片被谁拆卸

昼夜之间，一百八十余次森林大火
烧死了数以万万计的树，我喜欢的树啊
长在哪儿你都是与我血脉相连的亲人

我必须带着你的烈日和细碎的橡树叶子
一早启程，由休斯敦高速赶往奥斯汀
我要到宽大的自然议会去旁听

我发现朴素的德克萨斯州
四处弥漫着我喜欢的乡村气息
我还发现，自然之神与任何人都不谈条件
直接宣布真理

雨

一百六十二天逢第一场雨
我抑制住所有感官的激动
索性端一把椅子
坐在二楼阳台上
如品茶、品酒一样

品味休斯敦的雨

不小心目光越过围墙
墙的那边，老年康复中心
两个工人正在翻修屋顶
此时他们站在雨中
镇定自若，紧握雨的绳索向上攀登

这偶尔的雨点
像华盛顿政要的一次抚慰性访问
六分四十九秒，戛然而止
飞机带着鸟儿的心脏重新到达云层
屋顶又响起“咚咚咚”的敲击声

约 书 亚 树

你看它披头散发，衣衫褴褛
袖筒鼓满阔大的风

你看它收拾起踉踉跄跄的脚步
挥舞胳膊，始终对着黄昏的背脊

你看它紧握毛茸茸的绿色拳头
那是从砾石里取出的生命

河流在这里断裂
死亡在饥饿、焦渴、困顿与灰烬里繁殖

它到底是约书亚，还是约书亚树
圣经故事有几页扔进了北美的荒漠

你看它挟带着车速八十迈八十迈地跑啊
本质接近于飞翔

它引领一个不曾读过《圣经》，一生
处于艰难跋涉的旅人，行进在一种意义中

科罗拉多大峡谷

科罗拉多大峡谷
是科罗拉多高原
被科罗拉多河一刀一刀刻蚀出来的

最早的一刀
刻于十八亿年前
长达数百里的高原刑场
造就了地球最伟大的地质杰作

刑场的横切面
一座露天博物馆
不同年代的灿烂岩石发出凛冽之光

梦幻中的蝴蝶，强悍
而脾气暴烈的鹰，疲惫的双翼垂悬
它们最终没能飞出峡谷的大门

这时谁还能说出身在何处
神把我领进峡谷，神却不见了

留我一人辨认来路
一句诗投向苍茫，没有回音
它远不如古老印第安人投出的一只飞镖

这时谁还能知道自己是谁
谷线最表层的石灰岩
距今也有两亿多年
人啊，人啊，连附着在岩石上的灰尘都不是

夜雾袭来
将巨大的科罗拉多峡谷轻轻抱起
随即，又一片岩石的意志开始松动
它的记忆穿越时空无限地沉默着延伸着
让我震撼直至恐惧

我只能掏出从中国带来的一群意象
跟随对面山顶的瀑布
冒着粉身碎骨的代价去突围

红　草　莓

在你的弦上摘了一颗
我就成为你的歌谣
红草莓的歌谣

我和你只有一个太阳
六月的莱茵河畔的太阳
多汁的太阳滴出怀念
古典的少年维特似的怀念中的
红草莓

草莓有一棵菩提树
菩提树有一段被汽车扔下的路
路边有一个小酒店
小酒店有一张蓝餐巾
蓝餐巾写着很多草莓

你这小写的德语字母，多汁的鸟儿
你这穿越植物音波的红草莓
从一些陌生的名字起飞

成为另一片在空中飘动的
我的果园

柏　林　西

几个夜晚
我用辛夷木赶制一辆车子
用桂枝赶扎一面旗子
结果我还是骑一羽天空飞来

故宫的皇帝比我早到
已坐在广告牌上读德语
纷纷扬扬的小熊，绣满市旗
用前掌擦拭自由神的铜翼

我被三角镜分解成无数个自己
弄不清哪一个自己是真的
比别离更远，比镜子更深
是一次记忆，我不敢
将所有的感情和意识交给电脑

抽象派油墨浓重洒泼
犹如钢铁碎片。又硬又烫的钢铁
从这座城市出发
在欧洲的肋骨上弹奏哀鸣曲
太阳哭出血来
又硬又烫的钢铁
最终又回到这里
将凯撒·威廉教堂轰炸成艺术

艺术与我们共醉一杯酸葡萄酒
再用四国的餐刀切开面包
再往面包脸上抹果酱

一只丝袜翘着
顺电梯而上，我踩响吊钟
惊叹你的华美和富有
却不知马克为何奔忙
咖啡为何失眠

黄昏时你约我去过教堂
听一片钢琴弹起巴赫
在幽蓝的光晕中

诗歌踏着上帝的脚印而受孕
并一起祈愿尚未出生的孩子
目光不再被山，被火，被墙
挡回来

胡　苏　姆

微小而谦逊的太阳
躲到哪儿去了，傍晚真冷

冷才能感到毛皮地毯的温暖
乡村，牙科医生家
橡树的门打开
中德作家作品交流会
声音的圆盘上
转动 1985 文字的星光

你的山毛榉黑色树干

摇响我胆怯的影子
上帝的圣杯伸手可及
唯一的祝福是
每一杯都要盛着他自己

我的一杯来自故乡
它沾满草叶，清纯而微苦
高贵的超现代视我为外语

这时你转身打碎香槟酒瓶
冰激凌举着小伞
从胡苏姆一家小小的咖啡馆
赶到郊外寻找牙科医生
治疗被文学染上的病

没想到这位牙科医生爱写小说
他走到麦克风前
朗诵文字，如朗诵一排牙齿

圣 母 像 前

在祭奠你已不是一种罪过
才来祭奠你
这已是我不可饶恕的罪过
母亲，何时你被捏成石膏
伫立在雕花圆柱上，伤风的
大理石，忧郁的钟声
全都淹没在忏悔的眼泪中

泪被稀释，一切都过去很久了
又忆起它的美好
被太阳灼伤的岁月，向谁去诉说呢
我只能绕过细节与你说话
绕过你去的那条路，那座坟
在月亮深埋的地方，把你找回来

在黑蝶围绕中的红烛
在巴黎圣母院
母亲你被捏成石膏，细腻，温柔
披一身漂亮的法兰西语看着我

你不是我身患绝症的母亲啊
你不是我衣衫褴褛的母亲啊

只有圣洁与受难的目光依然
挂在脖子上的灵魂
无声无息地呼喊着耶稣
而耶稣每一刻都在出生
每一刻都被钉在十字架上
母亲，谁能真正帮助我们

在维也纳感受音乐

长笛一声划破鸟语
七只鸟儿，飞到白色树上
结满羽毛，结满悸动人心的果子

七个高高低低的儿童
双臂斜插月光，涉水而来
他们像在刺探
却没有眼睛

阿尔卑斯山连绵起伏
小提琴大提琴前呼后应
夜自一只铜管流出
淹没大片维也纳森林

触摸苍穹
音符们踮起足尖
七个数字组成生命的交响
反复咏叹，回旋，传递时空的花环

温柔时刻，殉情者
躲进七只耳朵哭泣
用一种特殊的密码交谈
暗示出语言的全部芬芳
七盏灯，伸向旷远和幽深

牧歌和颂词已长满青草
远方的手已接近管风琴
七个逃亡者，终于归来
从沙漠，从雪地，从宗教般的敬意和感恩

我为什么不哭

我为什么不哭
你给了我哭的时间吗

我唯一的母亲，那么多母亲被掩埋
我唯一的孩子，那么多孩子被掩埋
我唯一的兄弟，那么多兄弟被掩埋

我得刨，加紧刨啊
我刨了三天三夜，还在刨
我刨了九天九夜，还在刨

就当我是那条搜救犬吧

从泥石里，从钢筋瓦砾里
从窄窄的生命的缝里，一刻不停地

我在和谁竞赛，我必须赢
我必须早一秒到达
早一秒，废墟里的太阳就刨出来了

我必须从自己的废墟起身
必须认识灾难
必须向黑色聚拢

没有路
我必须携带着自己的道路而来
犹如携带着伤口而来

天崩地裂
悲痛那么宽

悲痛是一种多么巨大的力量
大地突然间生出那么多感动、泪水、敬意
和照耀

我的爱从来没有这样沉重，这样饱满
我必须是我家乡的春天
我必须是重新的花香

我为什么不哭，我能不哭吗
尤其面对一长排一长排
色彩明丽装满琅琅读书声的书包

尤其面对散落的课本
天堂里的白蝴蝶
纷纷起舞，像滔滔的翅膀

我能不哭吗
我还是不能哭

我得加紧刨啊
偶尔打个小盹
我也在用梦的爪子来刨
用大把大把的眼泪来刨

我 的 孩 子

我的孩子
我是你的妈妈

我的盛开的花朵
我的蓓蕾
我的刚刚露脸的小叶子

你听见妈妈的呼喊吗

我把我大大小小的孩子弄丢了
妈妈的心撕裂了

从此
你只能从树根、草根中吮吸乳汁
一切植物的，还有动物的乳汁

你要多多地吸啊，不要挑食
吮吸那些你不熟悉的
石头的，煤的，一切矿物的乳汁

妈妈也是才明白
有时，时间是不善的
挟持你，逼你交出体温

假如还能重来
我要把你们一个一个全都装回肚子里

你是我伤口里的晴天霹雳
整整一夜，不，整整一生

我都蜷缩在巨大的哀乐中
我的孩子

你能穿过石块、钉子和无边的黑暗
循着妈妈的声音摸到回家的门吗
我的孩子

不要哭
现在我们来玩捉迷藏的游戏
看谁最早捉到凌晨的第一株光线

天空的门永远不会关闭
快去吧，去一个有光亮的地方
看啊，天使选中了你的嘴唇
上帝搭乘你的翅膀起飞

我肉嘟嘟的干干净净的孩子啊
你一定要保持露水一样的晶莹

你已经独自扛起了一座废墟
你的坚强，勇敢，镇定
让群山低下头来

江河向你致敬

人生还有多少作业
孩子啊，把你未完成的苦难交给我

你冷吗
妈妈正细心剪裁一小块一小块黑夜
作你棉衣的衬

你什么时候送信来
我会把遍地小花小草
当作你细细碎碎的鼻息

今天，妈妈在暴雨中高擎闪电
战栗着，克制着
用雪亮的一笔，为你写诗
你要记住，我爱你我的孩子

黎　明

宝贝，快闭上眼睛
美美地睡上一觉吧
你才三个月，你的世界混沌未开

你眼里只有奶瓶、铃铛、彩色卡片
和一圈圈围绕你的爱

大人们很少提到灾难了
灾难却从午后的那一头轰然到来
把我们的家园摧毁

你也不知道黑暗是什么
黑暗是一种无法计算的重量

此时妈妈躬身倒在拐角的黑暗之中
双膝跪地，双手和整个身躯
为你撑起一片狭小空间

此时妈妈的心情是紫色的

紫色的，忧郁的，柔弱得快要折断的力
正向心脏、肺、血管汇聚

我要把你藏进夜的宽大的衣袖里
我要把你藏进朝日的胎盘里

宝贝睡吧，不要看见这一切
尤其不要看到妈妈滂沱的泪水
尤其不要听到妈妈全身骨头的碎裂

我感到身体正在变薄
已经托不住我弥留的翅膀
让我最后一次为你掖好被窝
宝贝啊，你才是我花苞里的天堂

我仿佛听到黎明的脚步声了
是橙色的，绿色的，白色的，迷彩色的
黎明是跑步来的

别哭啊，我的宝贝
你要保存好你小小的力气
等待光的救援

声　音

从废墟里长出了什么声音
一株株
稚嫩的，湿漉漉的声音

谁在背诵课文
谁在唱国歌，唱“团结就是力量”
唱“两只老虎两只老虎跑得快”

是六岁、九岁、十二岁的孩子
我们的孩子
孩子们从地狱打出生命的旗了
孩子们从暗礁鼓起生命的帆了

谁还能小看这些孩子
这些从黑暗腹中掏出火种
长出一株株稚嫩的
湿漉漉的光线的孩子

这些天塌下来顶得起的孩子

一瞬间从宝贝变成英雄的孩子

孩子啊，你已经被自己的光芒照亮
有了你，我们还惧怕什么

北川诗人

我这才知道有个北川诗社
五十多个北川诗人
这一天，一个都没有幸存

无疑是诗歌史上最惨重的一次
集体消失
没有诗人，谁来祭奠这一地月光

北川诗人
把心灵当成寺庙
进行过什么样的特别修炼
五十多支老老少少的笔
不求同日来，但求同日去

正在开会。诗会
不同于会议的任何一种
五十多只布袋，各自揣着
最动人的果实，最芬芳的情感

有人弄一支羌笛，走马西风
正大声朗诵
羌笛何须怨杨柳
有人正挖掘千年古寨的根

就是高谈主义，我也不会反感
就是晦涩艰深，我也会虚心学习
我也曾开过诗会
那些争论现在想来多有意思

诗人倒下，而诗歌不会
躯体腐烂，而诗歌不会
诗歌由特殊的物质构成
站在灵魂的峰巅，即使碎裂
碎裂的晶体同样叫作永恒

窦团山问

谁最静
谁最从容，谁最沉稳

谁能在山水里一坐千年
谁仅凭一座星空几滴鸟鸣
嚼墨弄文

随身行囊要尽量地空
尽量地轻
谁舍得把功名、利禄
统统扔掉！谁舍得捣碎

捣碎自己的明月
捣碎词语制造的娴熟技艺

谁的心为石头而软
谁的血为杜鹃而红
谁的足趾生满云雾和花香

谁能走进拔地而起的窦团山
将旅途坦然悬挂于绝壁

谁能喝粗茶，吃淡饭，穿布衣
采四海朝露，获取天地间
绵延不绝的生命气息

谁愿做那棵千年黄连树，苦着
却枝繁叶茂
谁能还原一个唐朝诗人

故　乡

坐在月亮里的李白
我想把你请回来

请你提着月亮一起回来
回到你的故乡青莲镇来

你二十五岁离家就没有回来过
还欠着家乡一轮圆月呢

我是你家新招的书童
已为你备好一缸酒，一缸月色
还有那年的湖笔，那年的砚
蒲花井，洗墨池，流出那年的墨香

陇西院雕花窗格前
已备好一座天宝山，一条盘江水
备好一片竹林，两株桂花树
树上还结着那年的鸟巢

现在我开始抻纸研墨了
现在你挥动笔端的羊毫或狼毫吧
现在你写千年还乡抒怀这首七绝吧

你的乡邻围了一圈又一圈
个个都是你的汪伦，你的青梅
泪盈盈看你，洋洋洒洒
悬肘而书。你的汪伦和青梅

一生注定为送别而伤情
写完了还要送你回月亮去
回你们诗人另一个故土去

那里济济一堂已住着一堆人
杜甫、王维、岑参、张九龄
等等等等。站在各自的诗句上
一站就是永恒

更有你的晚辈老乡苏轼
在月亮上种了好大一片竹林等你

月亮是个好地方
月亮照着青莲乡

筌 筷 城

时光从数千年前流泻而至
又往后飞逝
高速路上，一群人挟风裹雨

穿过一支被遗忘的乐曲

快啊！卫国已远去
箜篌城已深埋
天空的门渐渐关闭

一截土夯的城垣
就是遗址。大树空空
我们似乎被果实抛弃了

有人从手机上搜出一架箜篌
试图从图片找回卫国的表情
用感觉触摸屏幕
触摸一具音乐的胴体

我猜想那时水是丝弦状的
风是蝴蝶状或者弯弓状的
那时种箜篌如同今日种大蒜
大蒜洁白穿一层薄薄的贴身紫衣

那时几百台箜篌列队鸣奏
如同昆山玉碎，芙蓉泣露

师延和一群曼妙的紫衣女子
一群古时候的文艺工作者
在欢乐和忧伤中，将一个王朝
弹拨得飘飘欲仙

歌舞、龙辇和刀枪剑戟
卷土重来
我的城池响了

到了中牟

到了中牟
就是到了中原
到了华夏最早升起的炊烟
就想用瓦罐盛水，用鼎煮汤
用苇草盖一座茅屋
种田就种圃田
就想随一条黄河鲤鱼游回历史
抚摸深陷于波涛里的天空
就想匍匐在地

亲吻厚土里的亲人
以及石磨重压下的黄昏
就想一一召回
从黄昏传来的鼓鸣声厮杀声
从萑苻泽，从官渡
从一代一代铁蹄践踏的血泊里
就想粮食就叫粮食
永远不叫粮草
就想给逐鹿中原的将士
每人一只大碗
盛满母亲锅里热腾腾的河南烩面
啊！到了中牟
月亮还是那么白
仿佛从未染上时间的沧桑

船　　上

这不是一条普通的船
除了吃水线很深
还吃着很豪华很会议的饭

一船灯火辉煌，一船文章锦绣
两岸峭壁如削，不种庄稼
只种诗词歌赋
广播在叫同志们快去吃夜宵了
晚宴结束不到两小时
一个诗人，显然有些惊讶，有些激动
船不小心触到他眼中的礁石
他说他想起了白天看见的
那些悬梯、栈道、背篓
那些赤脚爬过险滩的纤夫
这一顿要吃掉岸边几大片薄田啊
他摇头。他感叹。他拒绝。他凝视窗外
船模仿鱼，把家筑在水中
在梦里也紧紧攥住微微发颤的大江
一群山峰在夜幕下继续奔跑
会议继续行驶在预定的意义中
许多年后，我忘了会上都发了些什么言
只记住其中一个普通的诗人
在这样一条不普通的船上

赵　佗

龟峰塔一砖一石都在诉说
是你，一剑劈开南越的瘴疠之气
这里才有了农耕，有了繁衍
有了最早的客家人
把你的名字天天挂在嘴上
用一座城来唤你，还是不够
还得修一座庙，两千年香火不绝
一只秋虫从天黑一直叫到天明
还得铸一座铜像，让你的子民
天天看到自己的父母官
官不在大小，造福不分先后
谁能润泽一方，谁就能
将荒芜的人心开垦成风水宝地
你闪亮的额头
飘过历史无比纯洁的朝霞
一个老妪，怎能不肃然起敬
作龙川首任县令
你才二十三岁。率五十万大军
挥师南下，你才十八岁

你叫赵佗，是秦朝的人

去　奉　节

骑一匹只吃油不吃草的马，快马加鞭
直下万州向夔州
世上还有什么比奉公守节更好
我要去奉节

胸前缀满果香的奉节
朝辞白帝彩云间的奉节
诗歌堆积的奉节

我是顺着长江迎着东方而去的
阳光向我涌来的时候
一种人格喷薄而出，催我去奉节

一个洞一个洞接一个洞
一座桥一座桥接一座桥
穿过恍若梦幻的盖世工程

我无须修栈道，更无须暗度陈仓
一路高速去奉节

右窗有竹枝，左窗
有从楚辞绿过来的水声
一群山峰在白云下奔跑，空气中
居住着阵容庞大的唐宋诗人
赴一场古城的约会
去奉节

在精装的夔州九卷里
四千余首诗词墨香四溢
手指滑过，仍能摸到千年前的体温
白帝诗社站在波涛之上
赐我以早晨最新鲜的版面，等我去奉节

我将穿着登山鞋，背着登山包
握着杜甫的诗句去攀登
登高才能望远，最远处是海

三峡之巅红叶如血
去奉节去奉节

古人用过的夔门，一万年又一万年
还是那样壮。落日坐过的地方
一万年又一万年，还是那样烫
去奉节，不能不去奉节

我相信一座山有了爱情
就有了仰望的高度，一条路
有了文化，就有了历史一样悠长的目光
瞿塘峡口，一船银河之星
闪烁在奉节，必须去奉节

奉节有很多树，而我就是种树的人
奉节有很多诗，而我就是写诗的人
行李箱已经装满山水
一草一木与我息息相关
怎么能不去？我举手加额去奉节！

一个脐橙

曾经给过我一千只蝴蝶
一千片叶子一千个春天的果园啊
那么多的果果我摘不完
我只要一个脐橙

你把花朵和波涛
都同时刻写在我的履历表上了
一个脐橙就是我和你共同拥有的一切

灿烂的同时兼具阳光和雨水的季节
一个脐橙，从春天走进秋天
在奉节，在长江沿岸打下锦绣江山

人们用勤劳和最大的敬意
对待这个唯一长着肚脐的植物精灵
认定与你同宗
与你血缘相近

汁液如此饱满，口齿如此清新

我住进你的脏腑
听你血液里的水声。日复一日
我就是一个被果汁灌醉的诗人

头沱二沱三沱，沱沱是金
数不清的星宿坠落枝头
三十万种树人生命中的帝王，一个脐橙
一台提款机

当诗人吴丹用手机按下那一瞬
我认定你就是奉节的太阳，多汁的太阳
也是我的太阳！一个脐橙

千仞之上

在弹子山，锅圈岩
在千仞之上，烈日之下
群峰与我对视

震撼。晕眩。恍若骑在苍鹰翅上

偶尔低头，看峡谷也是一丝裂纹

深深勒进岩石骨缝里的
是闪电？还是一声马嘶

四野苍茫，肆意地
往我目光里掺进凛冽与荒凉

这样宏大的场景只有身旁这位画家
才配拥有！只有画家
才能在天地间纵横驰骋

浓墨重彩之后，渐渐淡出的
只能是画家那细细的，不经意的
若隐若现的一笔

那一笔让整幅画面动了起来
那一笔通向山峰、道路和远方
那一笔是乌江

水　　声

这个上午一直下雨
这个上午让心中藏着太多雨水的人
如逢知己
鲤鱼河流行打击乐
用木琴敲击出的水声
与这个上午一路相随
一滴水一滴水一滴水
抱在一起，组成一个村庄
响水村。从响水村出发
水声敲开千年的门楣，石制的丝绸
水声落在满山野花的裙子上
水声让树叶与树叶相互撞击
一个心中藏着太多雨水的人
一个诗人，听着听着
不由得眼泪呈滴状，爱情呈雾状
激情奔涌呈瀑布状
水声用新鲜的目光为她擦亮词语
水声顶着一枚雷霆从树尖上滚过

十二月的枯葵

十二月以一地枯葵
赠我以想象
想象一片喧闹的海
蜂蝶们如何醉乎乎晕乎乎
追逐于波涛之巅
想象一场巨大的金色围剿
如何被时间一点一滴地
突破！如今十二月的枯葵
坠落在我斑白的两鬓里
想象坠落时的声音
一定比思绪更轻。大地静穆
清空曾经的满满的充盈
一切又将重新开始
十二月的枯葵
你无边的锈色令我着迷

城口彩叶

我在城口听到了彩叶大合唱
分为三声部、四声部、五声部的大合唱
大巴山澎湃的激情
只能用彩叶的形式喷薄而出
我看见它们，站在十月、十一月的台阶上
带领城口，带领风、峡谷、河水一起转动
带领绿的、黄的、紫的、红的颜料迅速蔓延
蔓延至诗歌，蔓延至爱情
我看见城口的爱情
就这样极其奢华地斑斓着飞扬着
至真至美，从谷底直抵天空
直抵生命的顶峰
我在彩叶的脸上找到了城口的表情

林 场 场 长

他是绿色的。他的领地
居住着五十万亩松树、柏树、漆树、银杏树
五十万亩彩叶，五十万亩花香
他必须懂得剥开一层一层鸟语
在鹰的喙上，学会口技大师的表演
懂得躲过危险，躲过野猪和熊的攻击
他甚至必须懂得可能发生的干旱
冰雪、虫害，在一片树叶的经络里
理清季节和生命的走向
他是现代版的，年轻、帅气
热爱诗歌。岩石和花瓣上都留下他的
深情。他对人实诚，朋友很多
可以说没有敌人。他唯一的敌人是火
有时在明处，有时潜伏在暗处
令他猝不及防。他是遗憾的
大美山水总在他镜头之外，指墨之外
而他与敌人一旦交战
就只能是输家，小输即胜

一 碗 蜂 蜜

一碗蜂蜜摆在面前
吃吧！尊贵的客人，就这样吃吧
这不是常见的蜂蜜
这是一幢琥珀色楼房
从六角形通道流出的，是醇厚
饱满、甜得有些刺喉的原生态山歌
它多像眼前这座小屋
一户普通山民的小屋
朴素、明亮、温暖
格桑花、金盏花一路开到门前
一群蜜蜂口含琴弦
围着大土碗嗡嗡嗡地飞
这是一群有情有义的蜜蜂啊
它们是怀念故土
它们是来看望被拆卸的房屋

新泉不在

五月并不知道六月会去哪里
毫无准备，我闯入六月的湖

富顺的湖，也是老哥新泉的湖
西湖。白鸟行走于烟波
阳光在荷叶的酒杯里摇晃

时光停留在最美的焦距上
我拍荷叶，西湖拍我。想起老哥

拉纤时匍匐在地，走过波涛万顷
他来这湖边散过一次或几次步吗

打铁时挥汗如雨，他来这亭廊
邀过月赏过莲吗

贫穷与坎坷，是老哥少年和青年时代
常用住址。那些寄往名为富顺的信件

他收到过一封或几封吗

风吹过，一湖意象滚动
为何在我笔下有句无篇

我在富顺喝茶，老哥尚在英伦喝咖啡
新泉不在，百里荷花不开

仙　女　山

他指着峰顶三块岩石
说：她们就是仙女

我用目光迅速靠拢石头的肩胛
我用思绪逐一抚摸石头的肌肤

硬的，不流血的，却能
分泌出汗液让我手心微微发烫的
是三块岩石啊

我看见了年迈的自然之神
看见了我祖母的祖母的祖母

脚下是天坑，扔一粒小花种子
就能直奔生命的巢穴

我走进大地育婴室
双手捧起刚刚出生的小女儿
她面嫩如雪，貌美如仙

给她爱
给她云雾的襁褓，给她衣袂飘飘
给她松树柏树，给她马群，给她牛羊
给她风光无限

一亿年再加一亿年，还有谁
比仙女行走的姿态更婀娜更轻盈
草木葳蕤，流水潺潺
仙女山丰满的臀部阔大如翅膀

在小南海你看见了什么

你看见水，碧绿碧绿的水
水中有岛，岛中有树，树中有寺

你看见白鹤、鹳、野鸭、鸳鸯
一群蓬松的词语在水面翩翩地飞

你看见成群结队的巨石
在水中在岸边，奇形怪状
极不和谐

或卧，或蹲，或立，或跪
沉默着，存在着
存在是为了作证的

你看见来自地球内部的挤压
何其猛烈！鹰叼来一行绝句
悬挂于绝壁

当黎明穿过长长的隧洞

穿过夜的喉咙，你看见了时间

你看见 1856 的清晨，地震前一秒钟
小羊羔唇边第一朵带露的紫花
武陵山盛开的马蹄

你看见了水下
一个村庄，一座森林
一千人，三千牛羊，八面风暴，十面出击

仅仅一百五十余年
水就成了琉璃，眼泪就成了钻石
灾难就成了风景

你被一束光惊醒！你看见了沧桑
你看见小南海在暮色中沉淀为巨大的静

幸　福

花的眩晕，花的润泽
花的旗帜，花的生活

尤其这是牡丹
尤其这是垫江
尤其这是农家种牡丹如种庄稼

一个人一生与花相伴多么幸福
一片土地世世代代搂着花香多么幸福
一座城市被花托举多么幸福
一个国家盛开富贵多么幸福

雨中看牡丹

你是哪一阵潮汐来临
你是哪一棵仙子下凡

你的吻
一朵一朵不知深浅的
你的诗句一茎一茎
少女一样，娉娉婷婷的

你的爱磅礴而瑰丽
是明月山一丘一壑共同的惊奇
你身体中的雨水
荡漾着无与伦比的美妙言辞

微微颤动，不敢触摸你
款款升起，不敢侵扰你

一只小鸟飞过，带着微风
你一个侧身
打湿了所有的人

山　　中

海拔 2700 米，土坯屋
两朵烛光在庞大的夜色里并蒂开放
火塘上悬挂的铁鼎咕噜咕噜
熬出一座山的香气。一锅肉汤
漂着羊血、羊心、羊肺、羊肉、萝卜、青菜、葱
滚沸的形式在寒夜多么暖人
土坯屋的一天就是一生
从日出到日落，从犊子到耕牛
主人还在拨弄炭火
不到两个时辰，所谓诗人
就吃光了身后几亩薄田，几片山林
一只羊羔咩咩咩的叫声
把这个夜晚叫得更加寂寥，更加清远
畜棚内是少了它的兄弟还是姐妹
余光里，若隐若现
是墙角脱粒后的玉米秸
还有大山仁慈的红薯、土豆

那时，三不管岛

那时大地尚在蛮荒期
山神坐在苍茫与石头之间

那时骡马驮着盐和茶叶
辗转于茶峒、乜架、洪安

那时峡谷被雾状的恐惧笼罩
深深陷于自己的回忆

那时最是诱人的玄奥之地，骚动不安
群山呼啸如野马奔涌而来

那时树木横刀，花草饮血
决斗场上巨大的爱与恨痛彻心扉

那时湘不管，黔不管，川不管
月光像一位失语老人，行走于荒芜之巅

你闯入花的阵营

一个老人，心境平和
不喜欢热闹。可是今天
醉乎乎晕乎乎，你闯入花的阵营

闯入肉质饱满的五月
妩媚、妖艳、性感的时尚五月
流行唯美主义的五月

任由一垅一垅紫气
步步引诱，层层围困，你迷失于旷野
双瞳染上激情与亢奋之毒

花袅袅，水涓涓，木欣欣
白蝶的薄翅轻盈
鸟声滴落，全都成了你相思的病根

你闯入青春领地
白发为之羞涩，岁月为之脸红
谁动了你的夕阳

浩　　荡

远离尘埃的自然是令人尊敬的
午后的岚天乡，青山环抱
安静、澄澈、浩荡

太阳伏在薄薄的鸟翅上
翅翼浩荡
青草吐出气息呈缕状雾状弥漫
气息浩荡

野鸭成双成对，形影不离
划动水波的蹼掌浩荡

钱棍乐飘忽在空中，金戈铁马
“嘚嘚嘚”蹄声千年不散
一座天空浩荡

那么多诗人席地而坐
他们放松的姿态浩荡
翩翩欲飞的心情浩荡

摘下一片叶子在阳光下透视
一眼看见岚天乡的未来
未来浩荡，绿色浩荡

爱 情 天 梯

姐姐，我站在六千零一级
石梯上，与你只隔一步
我们修的石梯有六千级
多出来这一级是菩萨修的
是我们拜过的菩萨修的

比起我修的那些高低不平的梯子
可是好看多了。彩云做花岗石
空气铺绒地毯，雕龙画凤
画得像我们养过的鸡鸭

白天你看不见我
我随天空升高，升高
升到不见顶的空，熔化在太阳中

姐姐，我想你天天都有一个好太阳

一级台阶，隔开了天上人间
还是晚上好哇，一到天黑
菩萨就会怜惜我护佑我
石梯缓缓降下，降到与你相接的地方
我轻轻一步就能走进你梦里来

我这不是又来了吗
今夜月黑风高
我知道你害怕听见野猪的嚎叫

走吧，今夜就走，我们一起悄悄地走
逃离流言。逃得越远越好
舌尖上的刀厉害，已戳得我们遍体鳞伤
二十岁的我，三十岁的你，我们正年轻

带上种子、粮食、工具、铺盖卷
带上锅碗瓢盆、四个儿女，悄悄地走吧
一颗星星落地，请不要发出响声

苍天！你是不是看见

一队蚂蚁驮着微小的愿望艰难爬行

到人迹罕至
到流言流不到的深山老林去
岩洞给我们一个窝吧
松树、柏树、香樟树给我们一根枝条吧
就是给一根刺一根针
我也要用它挑起全部生活

四面山。四面山多情多义
野菜任我挖，菌子果子任我摘
一根竹筒引来山涧水，甜津津
树叶翻卷，百鸟齐鸣，加入迎亲的队伍
杜鹃花“哗——”的一声，宣布婚礼盛开
十万亩磅礴的芳香为我迎娶姐姐，我的新人

窗外月光堆积
小屋装满彩虹的碎片
屋檐挂着悬崖，挂着冷峭
萤火虫星星点点拎着细小的灯
姐姐，我们手牵手走进
离尘埃最远离天空最近的洞房吧

我和姐姐相依相偎在一起
就像一只红薯和另一只红薯相偎在一起

夏季很快被鸟叼走
我们彼此把漫长的冬季捂热
一帕热水洗去我全身的累
一句山歌唱得我透心的醉
我和姐姐把黄连浸透的日子过出了蜜

原谅我，一生没有对你说一个“爱”字
我不会说，你也不会说
当我第一次站在悬崖，发誓
要从大山的骨缝里
为你抠出一条下山的路来
过路的老鹰不走，它以为
遇上一个疯子一样的同类了

它看着我这双青筋暴突
鹰爪一样，尽是疙瘩的手
一天天一年年，一锤锤一凿凿
扒开岩石的裂口，那裂口处
刻满整整五十年的血痕啊

有时，我真以为我是飞上去的
当我举起铁锤、铁钻奋力敲击的时候
我看见白云都在颤抖
天空都一层层坠落

想我时你就往山上看
就用目光一级一级往上爬
我们的石梯站在天地之间
被山峰、云雾、瀑布、树，拥着
被万千气象抱着、护着、养着
它多么安静，多么幸运

六千级石梯，被称作爱情天梯
是后来的事了。是别人叫的
姐姐，现在我也学着说个“爱”字吧
我把石梯作为爱情信物
安放在落日悬挂的山岩
留给我永远的四面山，留给你

二过廊桥

紧闭双眼
摸着护栏走过廊桥
两分钟

我来过廊桥了吗
我来过海拔一千米悬空的
玻璃廊桥了吗

我是从那么高，那么陡，那么险的栈道
一寸一寸走过来的
一路野花护送，足趾生香
就为了骗过自己两分钟？

必须重走一次，真正走一次
我要试一试目光垂直向下
试一试恐高指数能否高过七曜山

峭壁如削！现在我就站在
峭壁之上的虚空里。惊骇，惧怕

一颗心刹那间落进谷底

左侧悬崖，几疑上过琉璃釉
白太阳还在一遍一遍反复涂抹
微微发蓝，发青

有鸟飞过。其中一只已经两鬓斑白
脸上挂着与我相似的表情
它用叫声撞响石壁
就觉得是岩石在叫，一座天空在叫

苍山如海！这个正午有多宽
我的生活就有多宽
大地在瞬间向我捧出它全部的好

远处石笋河细细一湄
是从母亲深陷的眼窝里刚刚流出来的

白云轻盈如絮，一挂一挂
也是从地里刚刚长出来的

树尖上新叶如花，一团绒毛球球

聚集一股勃勃向上的气息

二过廊桥，一手攥紧心跳，一手攥紧护栏
我还要看看自己的深渊

敬　　畏

天降大雨
那是苍天献给英雄的酒
一滴一滴，是值得敬畏的

十分钟穿越五千年时光隧道
九座山峰合围蚩尤九黎城，龙盘旋
节节飞升的檐角刺向天庭
那藏于葳蕤山水间的上古传说
是值得敬畏的

传说蚩尤铜头铁额，四目六手
他骑青狮驾白象，一声呼叫
岩鹰羽毛枪立！血洒涿鹿

胜利者与失败者花开并蒂

那长着两只弯弯角的图腾
似牛非牛似神非神
那些山民，被风吹着
远远飘离创造过他们的土地

那祭献的牛头、猪头、羊头冒着热气
九柱高香肃立于天地之间
祭万物共生，祭一粒沙一棵草
一片田野一座森林
就连一只麻雀的啼叫也是值得敬畏的

那列队走过的九个方阵
端着盐扛着五谷举着刀叉剑戟
那藏在面具后的中学生黑幽幽稚嫩的脸
是值得敬畏的

崇高的悲剧精神融化于欢乐
那一人领唱万人和的宏大场景
那飞起的百褶裙，银制的花朵和蜂鸟
摇响一地叮当！是值得敬畏的

雨水变蓝，果实长出翅膀
大地化险为夷。情歌种子遍野开放
踩花山节，那倏然飘过的一缕白云
是值得敬畏的

跟着水走，多么好

水，挽着九个寨子
芦苇一样的细腰，就那样流
流进恋爱中的红叶
马蹄偶然留下的花香
流进时间，多么好

我决定跟着水走
如果水的门自行关闭
我甘愿做一个狭隘的诗人
如果水流不息，我就有希望
我决定把十一月的情感全部交给水
多么好

此时水的行走是小碎步的
跳跃与飞翔是没有重量的
踏着白云，绕过灌木丛
吐出的气息是来自天堂的
多像我的小女神，大家硬说是
小男神，阳光灿烂，多么好

点额，勾手，抬眉，抖肩，送胯
她们的舞蹈是十六岁的
秀发轻轻一甩
白银与珍珠就满地都是，多么好

突然，水长啸一声
我的众多小女神小男神
聚集，聚集，抱成一团，腾空而起
抖擞白马的鬃！青春无敌
多么好

我要继续跟着水走
我这个被高楼囚禁的人
哪里舍得放弃一点一滴
水从容，我就从容

水湍急，我就心跳过速
水往高处走，我就缺氧
我要跟着水
走进路的尽头，神的开端
走进天的蔚蓝里，多么好

大山里一汪深陷的蓝
海拔 3200 米至高无上的蓝
圣洁的九寨的蓝
蓝得多么好

在恍如隔世的绝代山顶，云雾飘缈
雪峰站在钢蓝色光芒里有若一道神谕
雪啊！重庆人无比稀罕的雪啊
多嫩多嫩的雪啊，一群银鹿
在阳光下一跳一跳
那是刚出生的水，多么好多么好

这时，我想说
我的爱就藏在雪线之下那丛旺盛的景象里
可是手机没信号，可是你找不到我
可是你渐渐忘了我是谁

多么好

让一个雾霾缠身的人，起死回生
让水回到清澈
让诗歌回到澄明
文字活色生香，流水般了无痕迹
词语在钢筋水泥的一侧
另辟蹊径。让一个老妪
从童话世界归来
只会写儿童诗，多么好

做一滴行走的水，居无定所，多么好
一只鸟闯入镜头，一首诗的结尾
翩然而至！多么好

评论摘录

傅天琳是重庆新时期和新世纪的标志性诗人。傅天琳的艺术道路是“诗穷而后工”的古训的最好诠释。她的诗美感受力和艺术直觉十分敏锐，善于从平凡生活中发现诗。诗人开阔的视野，开放的思维，以及女性特有的细腻和敏感，造就了傅天琳的诗歌世界是丰富的。诗人显然攀上了新的艺术高度，思想成熟了，对生活的理解和认识更加深刻。我们从诗人的“果树方式”中，清楚地感受到了一股“韧性”的张力，一股成长的力量。

吕进（西南大学新诗研究所所长，博士生导师，原重庆市文联主席）

诗也干净，人也干净，她是在自觉地坚守文学的人学本质。为文学，也为灵魂，她真是做到了。寄寓于其间的普世价值的质感启悟，业已不仅止属于她个人。好多年以来，文学艺术的审美理想频遭地震、雪灾侵凌，伟大、崇高、真诚、干净之类最该有的传承逐渐沦为稀缺。面对着这股颓风，傅天琳和她的《柠檬叶子》坚守住了一方干净的天地，势必显得异常珍贵。

蓝锡麟（散文杂文家，原重庆市文联党组书记）

因风而起的纸鸢里没有她，巡天而啸的鸽群里没有她。影子很淡，调子很低。她内心世界的平和、善良与质朴，在那种富于青春活力与成熟思考的刚性语言里，流溢和散发着一种奇异的色彩和气息。傅天琳让人钦佩的是随时都能凝神静气，诗如人一样透亮明净，在当今诗坛，实在不多。她的诗正是理论家们所希求的，是真丝，是从蚕的口腹中真实地吐露出来的，而不是那些借助无机物合成而来的。所以，她的诗打着她的烙印，这是一个诗人真挚、真诚的人格烙印。

雷抒雁（原中国诗歌学会会长，鲁迅文学院常务副院长，《诗刊》社常务副主编，全国优秀新诗（诗集）奖获得者）

这位在诗坛曾一度消失，一心一意当外婆的诗人，似乎聚集了过多能量，复出后佳作频出。其诗质量之高、感觉之敏锐、喷发之速令人惊异，仿佛冥冥中她得到了特别的眷顾，一发而不可收。诗人善于捕捉瞬间的感觉，似有一双通灵的眼睛，将事物刹那间的姿态固定于文字中的永恒。这与她步入新的地域颇多新鲜感有关，与诗人素质之高有关，也与她果园的诗歌之根有关。写那些与自己生命痛彻有关的事物，她总能很快调动出自己的真切感悟和思索。

韩作荣（原中国诗歌学会会长，《人民文学》主编，鲁迅文学奖获得者）

她对人的善意和温情，她丰盈清新的艺术感觉，历经坎坷却依旧纯真的美好天性，她内心的羞涩和名利场上的习惯躲避，甚至她的懵懂神情和惶惑不安，我相信都连着她的果园岁月。这个从缙云山林间小路走来的诗人，自然淡定，豪无矫饰。她得到了那些果树的气韵和精髓，你以为她落叶了么？她又发了新的芽。近年来她再一次用自己的诗歌，赢得诗坛的敬意和关注。宝刀型的诗人灵动清新如故，笔端下却越来越开阔，越来越沉郁，思想力度更为深邃，诗风也更为淡定更为苍茫了。

李琦（黑龙江省文学院院长，鲁迅文学奖获得者）

对天琳来说，万物都是通灵的。她写日常生活中的事物，不仅是看见的、听见的，还是用灵魂触摸过、感受过并严格选择过的。她对这微尘世界的欢乐和痛苦，总是一往情深的。所以她的诗不流于浅表，能楔入生命中心，甚有精神强度。她认同真正的文学从来是拒绝时尚的，她不被流派所左右，她的诗中没有理念的阴翳，没有自命先锋的造作，以致她本性中的创作冲动没有被破坏。天琳诗歌语言的澄明、浏亮、辽阔高远，本身就是对汉语的赞美，是少有人能及的。黄山谷闻木樨香而悟道，我闻天琳灵魂的芬芳而悟诗。

郑玲（原株洲市文联主席，艾青诗歌奖获得者）

多年来一直对傅天琳的作品非常欣赏，认为她的诗歌是那种耐得住读、经得起时间淘洗，越来越显示出某种“典范性”的优秀作品。诗人的成就诗歌界有目共睹，主要体现在对事物整体把握的能力，人的主观世界与客观世界经由她的笔便达到了一种崇高、亲切、富有美感的艺术平衡。她写诗不是为了营构一堆使人惊奇，有新鲜感、陌生感的意象，而是表达和生存的需要。艺术天分、成功机遇，就像众人求之不得的一束光，光只会照到有缘人那里。

陆健（中国传媒大学教授，博士生导师）

傅天琳的诗是在大自然与日常生活、社会和人的交点中萌发的，这是超越时代及社会，可永久作为具有古典典范性质的作品流传下去的必不可少的要素。当这些发自于诗人内心，却包容着深刻的社会人生的诗作被人们发现时，便巧妙地跟上了时代洪流。傅天琳又是不断前进着的，在第二阶段即可看出某种完成，因此有人早早地把她定义为果园诗人，母爱诗人，这种看法是有失偏颇的。以后的她拓展了自己的可能性，她诗中的爱已远远超越了母性、女性世界，而是追求并探索人性与广义的人类之爱，当然也包含着深厚的生命意识及使命感，她树立了自己独特的诗风。

佐佐木久春（日本秋田大学教授，北京大学访问学者，著名汉学家。翻译傅天琳诗集《生命与微笑》，1996年由日本海流之会出版）

当我读到《我为什么不哭》和《我的孩子》时，被诗里所散发出来的悲切、凄婉、沉郁和锥心锥骨的疼痛，深深地震惊了。当时我浑身寒冷，皮肤上不由自主地暴出一层细密的鸡皮疙瘩，如同置身于冰天雪地。当年的地震诗何止千万，但如果有十首能流传下去，这两首应该在其中。近年来傅天琳的诗歌忽然给人一种骨骼清奇、铁花怒放的惊喜，仅仅看到其情感的真诚与真挚，锲入生命的独特和尖锐，似乎还没有触到它的边界。它的边界在她干净的几乎与世隔绝的单纯和执拗中，在她逐渐达到的对生命的超拔和领悟中。她的诗天然地获得了山野草木所独具的柔韧和锋利。

刘立云（解放军文艺出版社主编，鲁迅文学奖获得者）

教室很大，东起重庆，西至成都，她坐教室东头，我在教室西边。记得那年她参加诗人大海访问团回来，在许多杂志上发表诗作，一下就在学校出名了。当时我已读过她的一些诗，印象不错，就踮起脚望她：短头发，圆脸庞，粗布短衣上，似乎还粘着一些柑橘花和泥迹，与她诗的内质相符。三十多年过去之后，诗人这个称号，已不再是一个值得随便出示的头衔。但天琳依旧端坐在自己的座位上，把荣誉和奖状锁在抽屉里，眼神专注，怀着敬畏与虔诚，认真做着诗歌写作这门功课。

张新泉（原《星星诗刊》副主编，鲁迅文学奖获得者）

从二十世纪80年代以来，傅天琳在诗坛的位置一直就没有被动摇过。她的许多作品，无论题材、意象还是精神气质，都与她曾经劳动过十九年的果园保持着或直接或间接的联系。在她的诗中，苦难意识很明显地暗含其中，但她总是以自己内在的力量将苦难的轮廓模糊化，将苦难的影响轻浅化，流露出独立而坚韧的承担，柔弱但不可侵犯的坚强。傅天琳一直很低调，而且创造了独特的面对苦难、书写苦难的艺术方式。这种方式造就了傅天琳眼光向下、感觉向内、精神向上的人生态度，也造就了她的诗历苦难而获升华、历地狱而达天堂的独特境界。

蒋登科（西南大学教授，博士生导师）